悪女マグノリアは逆行し、人生をやり直す

Shia Nikaido
二階堂シア

Illustration
冬之ゆたんぽ

16歳
幼少期
マグノリア
稀代の悪女と呼ばれる伯爵令嬢。
処刑を回避するため、数えきれないほど
時を逆行して人生をやり直している。
18歳
レイ
カルヴァンセイル国の王太子。
マグノリアの意外な一面を知り、
彼女は本当に悪女なのかと疑問を抱く。
幼少期
Characters

幼少期
幼少期
16歳
フィル
レイの護衛騎士。
幼なじみでもあるレイとは、
軽口を交わす仲。
ロッティ
才色兼備な侯爵令嬢。
レイの婚約者候補で、
マグノリアの処刑にも関わる。
メア
伯爵家のメイド。
彼女の手作りクッキーは
マグノリアの大好物。
18歳

プロローグ

稀代《きたい》の悪女――マグノリア・キャリントン。

その名を聞けば皆《みな》が震《ふる》え上がり、恐怖《きょうふ》する。

彼女の悪行、非道の噂《うわさ》はどこまでも広がり、ここ、カルヴァンセイル国において知らぬ者はいない。

『悪女《あくじょ》マグノリア』による被害者の数は計り知れない。財産を奪《うば》われた者、地位を追われた者、家族を失った者。そして――命を落とした者。

人々の怨嗟《えんさ》の声を聞いてなお、彼女は悪びれもせず、高笑いしてみせる。

この世は食うか食われるか。食われる方が悪いのだ、と邪悪《じゃあく》な笑みを浮かべながら……


――そんな『悪女マグノリア』と呼ばれる私の、最初の人生の話をしましょう。

キャリントン伯爵家《はくしゃくけ》の一人《ひとり》娘《むすめ》として生まれた私は、どこにでもいる普通の子どもだったわ。

花と甘いものが好きで、勉強はちょっと苦手な、特に秀《ひい》でたところがない平凡《へいぼん》な女の子。

けれど、優しいお母様とお父様がいた。両親は私をとても深く愛してくれたわ。

幼い頃を思い出してみると、陽《ひ》だまりのようなあたたかな記憶しかないの。

「マグノリア。あなたは本当に愛《いと》しい、私の宝物よ」

「お前が幸せになってくれたら、私たちはそれだけで十分なんだ」

そう言って、お母様とお父様はいつも頭を撫《な》でてくれた。両親の手が本当に大好きだった。

二人の愛情があれば、他には何もいらなかったの。

幸せな日々が、ずっと続くと信じて疑わなかった。私が六歳の時、お母様が病気で亡《な》くなってしまうまでは。

——そこから私の人生は、転落の一途《いっと》を辿《たど》る。


最初の変化は、お母様が亡くなって数か月が経《た》った頃のこと。

「お父様……お母様は、どこへ行ってしまったの？」

「……ない……私は……」

「……お父様……？」

最愛の妻を亡くしたショックからか、お父様の様子がおかしくなった。毎日のようにお酒を呑《の》んで、まともに会話もできない状態になってしまったわ。

それだけでも最悪なのに、急に屋敷《やしき》のメイドや使用人が私を嫌《きら》い出した。そして、うんざりするほどの嫌《いや》がらせを受けることになったの。

誕生日ケーキに針《はり》を入れられたり、私が転ぶように段差に蝋《ろう》を塗《ぬ》られたり、大切に育てていた庭園の花に除草剤《じょそうざい》を撒《ま》かれたり……内容はわりと悪質でね。

嫌がらせが屋敷の人たちによるものだけなら、まだよかった。

でも、雇《やと》われた家庭教師まで私をいじめるものだから……一体どうしてこんなにも人から嫌われるのか、わからなかったわ。

「お前は本当に覚《おぼ》えが悪い。お前みたいなグズを産んだことに絶望して、奥様は亡くなったんじゃないのか？」

私が声を嗄《か》らして泣くまで終わらない暴言。

「やめて……！　違う、お母様は……！」

「口答えするな！」

「ひゃあっ！」

身体に痣《あざ》が残るほどの暴力。

使用人たちは当然のように見て見ぬふりをしたわ。

あの頃の私は無力で、ただ我慢《がまん》し続けるしかなかった。

さらに追《お》い討《う》ちをかけられたのは、私が十一歳の時。

「マグノリア、お前もそろそろぉ、新しい母親が欲しいだろうと思ってな～？」

「お父様……誰？　その人……」

ある日、酔《よ》っ払《ぱら》ったお父様が下品な厚化粧《あつげしょう》をした女を紹介《しょうかい》してきたの。

酒に溺《おぼ》れ、夜《よ》な夜《よ》な街へ飲みに出かけていたお父様は、酒場で出会った素性《すじょう》の知れない女と結婚すると言い出したわ。

私は反対したけれど、聞いてくれなかった。

「うふふ、これからはあたしのことママって呼んでいいのよ？」

女の名前はイライザと言って、これが最低な継母《ままはは》だったの。

イライザの指示によって、私の食事には毎日ゴミが混ぜられた。そのうえ彼女は難癖《なんくせ》をつけては私を殴《なぐ》り、持っていたドレスや宝石を奪っていったわ。

代わりによこしたのは、ボロ切れみたいな服と下町の露店《ろてん》で売っていそうな安物のアクセサリー。

本当に、絵本に出てくる意地悪《いじわる》な継母そのものだった。

私の手元に残ったのは、お母様に貰《もら》ったバラの形をしたペンダントだけよ。

どれだけひどい目に遭《あ》っても誰も助けてくれない。誰も信じられない。

周りの人間がみんな、私を傷つけようとする敵にしか見えなかった。

……そんな環境に置かれて、私の心が歪《ゆが》むのなんて当然のことだった。

だから自分の手で、頭で、やり返すことができるようになった時、すべて壊《こわ》すことにしたわ。

今まで嫌がらせをしてきた使用人たちや家庭教師――そしてイライザを、軒並《のきな》み不幸にしてやったの。


まずはイライザを罠《わな》にはめて事故死させ、キャリントン伯爵家が持つ権力を掌握《しょうあく》した。

「残念だわ、お義母様《かあさま》。結局、一度もあなたをママと呼ぶことはなかったわね……ふふ、上手く死んでくれてよかった。あなたたちもこうなりたくなかったら、私への態度を改《あらた》めることね」

イライザの葬式《そうしき》の時、私は棺桶《かんおけ》の前に使用人たちを集めて脅《おど》したわ。

そうしたら、その瞬間から皆が忠実な下僕《げぼく》になった。

――それでも私は彼らを許《ゆる》しはしなかった。

嫌がらせをしてきた使用人の家族や恋人を呼び出して目の前でいたぶってやったり、「不慮《ふりょ》の事故」で大怪我《おおけが》をさせたり、家族諸共《もろとも》路頭に迷わせたり……もう二度と私をいじめようなんて思わないように、徹底的《てっていてき》に叩《たた》きのめした。

復讐《ふくしゅう》は時間をかけてじっくりと進めたの。すでに辞《や》めていた使用人を捜《さが》し出して、一人の取りこぼしもせず、全員にやり返したわ。

……すべて終えた頃には、私は世間で悪女と噂されるようになっていた。

どうして？　ひどい目に遭っても、誰も助けてくれなかったのに。やり返したら悪女なの？

私が悪女なら、彼らは一体なんなの？

噂は広がっていくうちに、だんだんと尾《お》ひれがついていったわ。いつの間にか、私は稀代の悪女としてすっかり悪名高《あくみょうだか》くなってしまった。

……死んだお母様が今の私を見たらどう思うかしらと、鏡《かがみ》を見るたびに惨《みじ》めに感じたものよ。


そして十六歳になった時、私は身に覚えのない罪を咎《とが》められた。

「待ちなさいよ！　私はそんなこと知らないわ！」

絹糸《きぬいと》のように美しい銀髪をした、いかにも王族らしい外見の王太子が、翡翠色《ひすいいろ》の瞳《ひとみ》を向ける。

「知らないと言っても、君が、私の婚約者《こんやくしゃ》であるロッティ・バーネット嬢《じょう》を階段から突き落とそうとするのを目撃《もくげき》した者が複数いる。それをどう説明する？」

「そいつらが嘘をついているのよ！　私は神に誓《ちか》ってやってないわ！」

招待されて出席した王太子の婚約《こんやく》披露《ひろう》パーティーで、私は彼の婚約者を殺害しようとした容疑をかけられた。そしてあっさりと処刑が決まってしまう。

投獄《とうごく》された牢屋《ろうや》の中で、私は必死に「無実よ」と叫《さけ》んだわ。

でも『悪女マグノリア』の言うことなんて、誰も信じてくれなかった。

私には一人も味方がいなかった。だから、自分で自分を守って生きるしかなかったのに。

周りが攻撃してくるから、反撃しただけよ。

それでも、私は悪女なのかしら。黙《だま》って嫌がらせを受け続ければよかったの？

私は、どうするべきだったの？

わからない。いくら考えてもわからない。

……けれど、このまま終わりたくない。散々痛めつけられて、傷つけられて、嫌われて。

挙句《あげく》の果てには冤罪《えんざい》で処刑されてしまうなんて。


「いや……嫌！　死にたくない！　こんな形で人生を終えるなんて、絶対に嫌よ！」

「黙れ、この悪女が！　命乞《いのちご》いをするとは見苦しい！　潔《いさぎよ》く罪を認めて死ね！」

兵士が私の身体を押さえつけ、断頭台に固定する。私は最後まで必死に抵抗《ていこう》した。

髪を掴《つか》まれ、何度殴られても、どれだけ醜《みにく》い姿を晒《さら》そうとも、私は足掻《あが》き続けた。

――神様。もし存在するのなら、どうかお願いです。

時を戻してもう一度、初めから人生をやり直させてください。

こんな終わり方は嫌です。私を愛してくれた、死んだお母様に顔向けができません。

「嫌よ……」

次は、悪女なんて呼ばれることのない人生を送ってみせるから。

誰にも嫌われない、みんなに愛されるいい子になるから。

「お願い……」

どうか、どうかお願いします。もう一度だけ、私にチャンスをください。

ガラガラと音を立てて、頭上から鋭《するど》い刃《やいば》が落ちてくる。

「どうか私を――生かしてください」

私は神様に願いながら、生涯《しょうがい》を終えた。

――それが、一度目の人生。

❖　◇　❖

「マグノリア。あなたは本当に愛しい、私の宝物よ」

「お前が幸せになってくれたら、私たちはそれだけで十分なんだ」

誰かが私の頭を撫でている。

「――!?」

その瞬間、夢から覚《さ》めるようにハッと意識が鮮明《せんめい》になった。

「お父様……お母、様……?」

「どうしたんだ?　そんなに怖《こわ》い顔をして」

「なあに?　マグノリア」

そこには私の大切な記憶と同じ景色が広がっていた。優しい両親の姿に目を疑う。

私は確かに処刑されたのに……今までのは、悪い夢?

私の頭に触《ふ》れるお父様とお母様の手は、泣きたくなるほどあたたかかった。

きっと悪い夢だったんだ。そう現実逃避《げんじつとうひ》してしまいたくなる。

でも――違う、あれは夢なんかじゃない。確かに現実だった。

時が巻き戻ったとしか思えない。私の願いを、神様は本当に叶《かな》えてくれたのね。

……やり直せる。

二度目の人生では、使用人たちから嫌われないようにしよう。別の家庭教師を雇って、お父様にも酒場通いをさせないわ。

そうすれば、きっと私は悪女と呼ばれない。まっとうな人生を送ることができるはず。

——今度こそやり直せる……はずだったのに。

「マグノリア・キャリントン。君を国家反逆《こっかはんぎゃく》の罪で処刑する」

王太子の冷《つめ》たい声が、私の断罪を無慈悲《むじひ》に告げる。

どうして、こんなことに？

使用人たちから嫌われずに済んだけれど、嫌がらせはなくならなかった。

別の家庭教師を雇ったのに、その人もまた私に暴言を吐《は》くとんでもないやつだった。

お父様からはなんとか酒を取り上げて、酒場に行かせなかったわ。それでもイライザと出会い、結婚してしまったの。

今回の私は誰にもやり返さなかった。それにもかかわらず、なぜか悪い噂が立って、悪女だと囁《ささや》かれるようになった。

十六歳になって招かれた、王太子の婚約披露パーティー。

そこで私はありもしない国家反逆の疑いをかけられ、再び処刑を言い渡されたのだ。

行動を変えたのに、死を回避《かいひ》できない。

どうして、なぜという疑問が頭の中を何度も巡《めぐ》る。

「待って、話を聞いてください！　私は反逆なんて企《くわだ》てていません！　一体どんな理由があって、私を疑うのですか⁉」

「『キャリントン伯爵家が毒物《どくぶつ》を入手している』と密告《みっこく》があってね。詳しく調べると、君が毒物を購入したという証拠が出てきた。そして今日、このパーティー会場にそれを持ち込んだという情報も」

「毒物……⁉　なんの話で――」

「『マグノリアお嬢様の指示で毒物の持ち込みをさせられた』と付き人から証言を得ている。これがその毒瓶《どくびん》だ」

王太子が懐《ふところ》から見たこともない黒い小瓶を取り出し、私に突きつける。

付き人を振り返ると、澄《す》まし顔でこちらをじっと見ていた。

――はめられた。

そう気付いた時には、もう手遅れだった。

私の言い分なんて誰も聞いてくれない。結局処刑から逃《のが》れられず、誰かの思惑通《おもわくどお》りに私は死んだのだ。

❖　◇　❖

「マグノリア。あなたは本当に愛しい、私の宝物よ」

「お前が幸せになってくれたら、私たちはそれだけで十分なんだ」

——そしてまた、私は時を遡《さかのぼ》った。

三度目はないと思っていたから、再びチャンスをくれた神様には感謝しかなかった。

今度こそ、今度こそは。絶対に同じ失敗を繰り返さない。誰にも隙《すき》を見せない。

悪女と呼ばれる運命から脱却《だっきゃく》してみせる。

そう、誓ったのに。


「——マグノリア・キャリントン。君を処刑する」

どうして？　どうしてこうなるの？


「君を処刑する」

何度繰り返しても。

「処刑する」

悪女として断罪される結末を、変えられない――。

❖　◇　❖

「マグノリア・キャリントン。君を処刑する。兵士よ、彼女を牢屋に連れていけ」

……これで何度目かしら。

数えることをやめてしまうほど、私は人生をやり直した。

「……」

毎度処刑を言い渡す王太子の顔はとうに見飽《みあ》きて、私を連行する兵士に抵抗する気力もない。

……誰かにはめられているのは確実なのに、その相手がわからない。

それにどうして私を狙うのかも、わからないままだった。

ループが始まってからというもの、誰かの恨《うら》みを買った覚えはないのに……根深い悪意のようなものがずっと私に付きまとう。

処刑を待つ牢屋の中、私は俯《うつむ》いて冷たい床《ゆか》をひたすら指でなぞっていた。

「……ねえ、マグノリア嬢」

考えることさえ疲れて、なぞる指をただ往復させていたら、繰り返す人生の中で初めて面会に来た人物がいた。

鉄格子越《てつごうしご》しに見えるきれいなヒールの靴《くつ》。それを追うように私は顔を上げる。

声の主《ぬし》は、王太子の婚約者である、ロッティ・バーネット侯爵令嬢《こうしゃくれいじょう》だった。

……これまでのループにおいて、この人と私の関わりは薄い。

どうしてわざわざここに来たのかしら。

「今が何回目かわかっていらっしゃいますの？　わたくし、あなたが抵抗なさらないから、そろそろ飽きてきましたわ」

「……？」

なんの話かわからず、私はロッティ様に向かって眉《まゆ》をひそめる。

彼女は「まあ……」とわざとらしく驚いてみせた。

「本当に気付いていないのですか？　わたくしがすべての糸を引いていること」

「……は？」

気の抜けた声が、私の口からこぼれた。

頭の中が真っ白になって、何を言われたのかすぐに理解できない。

糸を……引いている？

それならこの人が、私をはめた黒幕だと言うの？

なんのために？　なぜわざわざ告白しに来たの？

いえ、そもそも『何回目かわかっている』のか、と問いかけたということは、この人も……時を遡ってループしている？

突然明かされた事実を上手く呑み込めない。まばたきすることも忘れて、ひたすらに目を開いた。

「そこまで愚《おろ》かなようでは、いくら巻き戻ったところでわたくしには到底《とうてい》及びませんわ。同じことの繰り返しだとわたくしもつまらない。せっかく教えて差し上げたのですから、次からはもう少し意外性のある行動を取ってくださいね」

「まっ……て。待って、待ちなさいよ！」

去ろうとするロッティを必死に引き留める。

しかし彼女は一度足を止めて私に微笑《ほほえ》むと、もう用はないと言わんばかりにさっさと背を向けて消えてしまった。

「ロッティ・バーネット！　ああああああ!!」

牢屋の鉄格子をガシャンッと掴み、ギリギリと歯を噛《か》みしめる。

口から血を流すほど歯を食いしばっても、牢屋に入れられた今の状況から逆転できるわけがない。

私は胸を抉《えぐ》るような屈辱《くつじょく》を味わいながら処刑された。

❖　◇　❖

「マグノリア。あなたは本当に愛しい、私の宝物よ」

「お前が幸せになってくれたら、私たちはそれだけで十分なんだ」

――許さない。絶対に許さないわ、ロッティ・バーネット。

両親のあたたかな手で頭を撫でられながら、私は心に誓う。

あなたが黒幕だというのなら、どんな手を使ってでも、人間としてどれだけ堕《お》ちようとも、必ず息の根を止めてやる。


そしてまた、運命の婚約披露パーティーを迎えた。

王太子が私に視線を向けて口を開く。

「マグノリア・キャリントン」

ロッティ・バーネットは笑っていた。

「君を」

断罪を告げる王太子の隣で。

「処刑する」

誰にも気付かれないように、私にしかわからないように――勝利の笑みを。

❖　◇　❖

幾度《いくど》となく繰り返されるループを経《へ》て、私は力なく王太子の前で跪《ひざまず》いていた。

何度断罪されたのだろう。何度殺されたのだろう。今にも正気を失いそうで、絶望だけが身を巣《す》食《く》っていた。

復讐心は、ループをするたびに小さくなっていった。

ロッティへの恨みや憎しみなんて、とうの昔に燃え尽きている。

「マグノリア・キャリントン。君には――」

「……」

私は罪状を告げる王太子に言い返す気力さえなく、勝手に溢《あふ》れ出す涙を拭《ぬぐ》えずにいた。

何度繰り返しても、どれだけ足掻いても、やり直しても、勝てない。

終わりのないループに、私の心は完全に折れてしまった。
兵士が私の頭を殴打《おうだ》する。
ぐらりと視界が歪んで、痛みが走る。
——もういい。もう……いい。
悪女だと思われたままでいい。
ロッティに勝てないままでいい。
お母様に顔向けできなくてもいい。
何やら問いかけてくる王太子に、無気力に言葉を返す。
この地獄《じごく》のようなループから、抜け出したい。やり直しなんて必要ないのだ。
生きることに、もう疲れた。
「どうか私を——殺してください」
私は神様に願いながら、お母様から貰ったバラの形をしたペンダントに口づけた。

第一章　目に見えぬ真実

カルヴァンセイル国王太子。

それが私、レイ・ケイフォードの生まれながらの肩書《かたが》きである。

愛なき政略結婚をした両親の間に生まれた私は、幼い頃から王太子としての思考や振る舞いを叩き込まれてきた。

最初こそ反発していたものの、十歳にして「王太子という立場に生まれたのだから、自由のない人生で当然だ」と割り切ってからは、そう悲観《ひかん》せず今日まで過ごしてきた。

十八歳になった今、私には両親と同じく政略結婚の話が本格化している。

婚約者は誰になるのかと、世間は好き勝手に予想しているようだった。

執務室《しつむしつ》で物思いにふけっていると、そばに立っていた護衛――フィルが声をかけてきた。

「レイ、何ボーッとしてんだよ」

フィルは私の乳母《うば》の息子で、小さい頃から時間を共にしてきた幼《おさな》なじみだ。

私に対して畏《かしこ》まらない彼の態度は心地よく、気の置けない仲である。

手入れが雑《ざつ》だからか、フィルの黒髪は相変わらずところどころはねていた。透《す》き通った琥珀色《こはくいろ》の瞳といい、磨《みが》けば光るだろうにもったいない。素材の味を活《い》かしきれない料理のようだといつも思う。

「ああ、すまない。少し考え事をしていた」

「どうせ最近噂になってる婚約の件でも考えてたんだろ？　さすがのお前も、生涯の伴侶《はんりょ》は気になるか」

どことなく適当な雰囲気が漂《ただよ》う彼だが、剣の腕《うで》は確かだ。本人には絶対に言わないが、私が一番信頼を置いている存在だった。

「そうでもないさ……普通に考えたら、婚約者になるのはロッティ・バーネット侯爵令嬢で間違いない。バーネット侯爵家は由緒正《ゆいしょただ》しい家柄で、国家への忠誠心も厚《あつ》い。ご令嬢は才色兼備《さいしょくけんび》と誉《ほま》れ高くて、王家に迎《むか》え入れるには申し分ない女性だ」

「ま、『普通』にいけばな……国王様の悪い癖《くせ》が出なきゃいいけどよ」

「国の未来がかかった王太子の婚約者選びだぞ。父上だって、さすがに真面目に考えている……と断言できないのが残念だ」

私の父である国王陛下は、少々……いや、かなり癖のある人物だ。正直に言えば、身内でなければ関わりを持ちたくない部類の人間だった。

フィルと話していると、執務室の扉《とびら》がノックされた。

「殿下、サイラスです」

私が入室を促すと、細身で長身の男が入ってきた。そして恭《うやうや》しく一礼をする。後ろで結《ゆ》い上げた少し長めの深緑色《ふかみどりいろ》の髪が揺れた。

私に仕《つか》える執事《しつじ》のサイラスだ。一体なんの用だろう。

「会議室にて国王陛下が殿下をお呼びでございます」

「……わかった。すぐに行こう」

噂をすればなんとやらだ。私は重い腰《こし》を上げ、フィルを伴《ともな》って執務室を出た。

妙《みょう》な胸騒《むなさわ》ぎがするのはなぜだろうか。

こういう時の勘《かん》は、わりと高確率で当たってしまうのだが。

鈍《にぶ》い足取りながら会議室へ着いた。部屋の外で控《ひか》えているようにフィルに伝え、私は扉を叩く。

「来たか。レイよ」

入口から真正面の議長席に父上が座っていた。

縦長の四角形に机と椅子《いす》が並ぶこの場所が、私はあまり好きではない。

父上の戯言《ざれごと》で会議を掻《か》き回され、苦労した思い出しかないからだ。

「何か御用でしょうか、父上」

銀髪を後ろに流した父上が、翡翠色の瞳をだらしなくニヤリと細めた。私と同じ、髪色と瞳。お洒落《しゃれ》のためにと髭《ひげ》を蓄《たくわ》えた口元が、悦楽《えつらく》を期待して歪んでいる。

「何、察しているだろうに。お前の婚約の話だ。相手は言わずともわかるな？」

「……ロッティ・バーネット侯爵令嬢ですか」

「ああ。一人はそうだ」

「一人は、ということは他にどなたかお考えで？」

父上の瞳孔《どうこう》が開き、きらきらと輝《かがや》く。

まるで、私がどんな反応をするか楽しみでたまらないとでも言いたげに。

「――マグノリア・キャリントン伯爵令嬢だ」

この国でもっとも悪名高いその名に、私は思い切り眉根を寄せてしまった。

そのリアクションこそ、父上が求めていたものだったようだ。

私の顔を見て大口を開けて笑い出す。

「ハッハッハ！　誰も考えつかんようなやつを選んだ方が面白いだろう？」

まったくもって面白くない。

息子を人を陥《おとしい》れてばかりの悪女と婚約させようとする親が、この世のどこにいようか。

残念ながら目の前にいる。

ストレスからか頭痛がしてきて、私は額《ひたい》に手を当てながら深く息を吐《は》く。

「私が彼女を選ぶことはないと、父上もわかっているでしょう。なぜわざわざ候補に入れるのです」

「本当に噂通りの冷酷《れいこく》な悪女なのか興味深い。もし本物の悪女ならば、それがカルヴァンセイル国の王妃《おうひ》になる姿も見てみたいものよ」

「……父上は我が国を滅《ほろ》ぼしたいのですか？」

「フ、悪女を妻にしたぐらいで、国の行《ゆ》く末《すえ》にまで影響を及ぼすと？　女一人、御《ぎょ》することすらできんのか、お前は」

嘲笑《あざわら》う父上に、苦々しい思いを抱く。

とにかく気まぐれで、周囲を振り回すのを趣味《しゅみ》としているような人間のくせに。国を治《おさ》める能力だけは秀《ひい》でているから厄介《やっかい》だ。

臣下の意見すらまともに聞かない独裁者《どくさいしゃ》だが、悪政を敷《し》いたことは一度もない。

普通なら躊躇《ちゅうちょ》するような大胆《だいたん》な改革さえ、簡単にやってのける。

認めたくはないが、政治手腕は確かだ。息子である私は為政者《いせいしゃ》としての素質こそ褒《ほ》められるものの、国王と比べるとまだ未熟《みじゅく》だと周りに評されている。

だから臣下たちは父上の酔狂《すいきょう》には目を瞑《つぶ》る。

この男が国王の座に君臨し続けるのには、ちゃんと理由があるのだ。

「婚約者候補を選定するという建前で、未婚の貴族令嬢を集めた交流会を開く。そこで噂の悪女の振る舞いを見たいのだよ」

「父上が気に入った場合、マグノリア嬢が私の婚約者となるわけですね」

「……そうなればいいのだがな。宰相《さいしょう》らの仰天《ぎょうてん》する顔が目に浮かぶ。考えただけで愉快《ゆかい》なものよ！」

ハッハッハと豪快《ごうかい》に笑い飛ばす姿が醜く、忌々《いまいま》しい。心の中に侮蔑《ぶべつ》の膿《うみ》が溜《た》まる。

この場に不在の王妃――母上は、父上を心底軽蔑《けいべつ》しており、一切かかわりを持とうとしない。会話もしない。完全な仮面夫婦だ。

嫌悪《けんお》する男との間に生まれた私についても関心がないらしく、顔を合わせても何も声をかけられない。それどころか公《おおやけ》の場以外ではほとんど顔を見ない。つまりは徹底的に避《さ》けられている。

……まあ、政略結婚など所詮《しょせん》そんなものだろう。それに母上の判断は正しいと思う。私が母上の立場でも、同じ振る舞いをするだろうから。

❖　◇　❖

数週間後、本当に未婚の令嬢を集めた交流会が開かれ、私は婚約者候補のロッティ、そしてマグノリアと顔を合わせることになった。

広いホールに、着飾《きかざ》った令嬢たちが色を添《そ》える。

その中心に、ひときわ目立つ黄色の花が一輪《いちりん》あった。

繊細《せんさい》なレースと宝石があしらわれた控えめな黄色いドレスを着た女性……ロッティ・バーネット侯爵令嬢だ。評判のいい彼女は人気者らしく、他の令嬢たちと円を作って談笑していた。『完璧《かんぺき》な令嬢《れいじょう》』という二つ名は伊達《だて》ではなく、立ち居振る舞いには隙がない。

私の婚約者となるのはロッティで間違いないと踏《ふ》んでいる貴族も多い。未来の王太子妃に、今のうちに縁《えん》を作っておこうと画策しているのだろう。

さて噂のマグノリアはどこかとホールを見回していると、片隅《かたすみ》にひっそりと佇《たたず》む姿が目に入った。まるで壁《かべ》と同化せんとするかのようにぴったりと背中をくっつけ、腕を組んでぼんやりとしている。

彼女が着ているライラックのような薄い紫色《むらさきいろ》のドレスは非常にシンプルで、この交流会に対して明らかに気がないことがわかる。

本人はおそらく気配を消しているつもりなのだろうが、緩《ゆる》くウェーブのかかった混じり気のない美しい金髪が圧倒的な存在感を放《はな》ってしまっていた。

父上がこの交流会を見下ろすように高座から鑑賞《かんしょう》していることもあり、私はマグノリアに声をかける。

「壁の花にしては目立ちすぎるな」

それまで朧《おぼろ》げだった美しいアイリス色の瞳が、ギロッと鋭さを増す。

なんというか、強い警戒《けいかい》の眼差しだ。

王太子である私の顔は知っているだろう。話しかけられて困惑するならまだしも、これは……

「……私に話しかけない方がいいですよ、王太子殿下」

そっけない声で忠告され、少し気圧《けお》される。

それでも会話を交わそうと試みた。

「……君が、マグノリア・キャリントン伯爵令嬢か？」

私が引き下がらないのを見て、マグノリアは一度浅くため息をついた。仕方なくといった様子でカーテシーをする。

「失礼いたしました。私はマグノリア・キャリントンと申します」

最低限の挨拶《あいさつ》を終えると、マグノリアはもう話す気はないとばかりに口を噤《つぐ》む。そしてじっと私を見た。

まだ何か？　とでも言いたげな拒絶に、当惑する。

「声をかけたのは、迷惑だっただろうか」

「迷惑がかかるのは、殿下の方だと思います。後ろで他の令嬢が私と話している姿を噂していますよ」

「……」

振り向くと、確かにマグノリアの言う通りだった。令嬢たちがこちらを見て、ヒソヒソと小声でやり取りしている。

「私が悪女だからと興味本位でお話しするのはおすすめできません。傷が浅いうちに離れた方がよろしいかと」

悪女である自分と話していると悪評が立つ、と言いたいようだ。

「……その反応は意外だ。噂に聞く悪女ならば、私と接点を持つことを喜びそうなものだから」

今日の交流会については事前に、王太子の婚約者を決める場だと通達したため、私に見初《みそ》められることを期待する令嬢は多い。

「……少なくとも私は嬉《うれ》しくありません。むしろ、あなたの顔は――いえ、なんでも」

強気だったアイリス色の瞳が急に勢いを失い、憂《うれ》いを帯びる。

『悪女マグノリア』であれば、この機会を逃《のが》さんと食いついてきても不思議ではないのだが……

単に王太子妃の座に興味がないだけなのかもしれない。とはいえ、なんとなく噂の悪女像にそぐわず引っかかりを覚えた。

マグノリアは目を伏せて、黙り込んでしまった。これ以上踏み込まず、彼女から離れることにする。

「……不快な思いをさせて悪かった」

謝罪に対する返事はなかった。私は胸に鉛《なまり》を沈められたような違和感を抱きつつ、踵《きびす》を返した。

マグノリアから少し離れたところで、私の前に女性が立った。令嬢たちと歓談《かんだん》していたはずのロッティだ。いつの間にか、輪を外れてきたのか。

「君がロッティ・バーネット侯爵令嬢か」

私が尋ねると、ロッティはドレスの裾《すそ》を持って挨拶する。

「はい。お初にお目にかかります、王太子殿下。わたくしロッティ・バーネット、殿下にお会いできて大変光栄ですわ」

彼女はキャロットオレンジの瞳を細めて、美しい笑顔を私に向ける。日頃から手入れしているのであろうキャラメル色の長い髪がサラリと揺れた。

「君の噂はかねがね聞いているよ。何をさせても完璧にこなし、頭も切れるが決して才能に驕《おご》らない非の打ち所がない女性だと」

「まあ……噂が一人歩きしておりますね。わたくしはそこまで称賛《しょうさん》される人間ではありませんわ」

ロッティは口元を手で隠し、たおやかに笑う。

「謙遜《けんそん》を。ところで君は――」

しばらくロッテと雑談をしていると、ふとマグノリアのことが気になった。ホールの片隅に視線を送る。

しかしすでにマグノリアの姿はない。移動したのかと思ってぐるりとあたりを見回すが、どこにもいなかった。

気もそぞろになっている私に気付いて、ロッティが自分の頬《ほほ》に手を添えた。ゆっくりと首を傾《かし》げる。

「……マグノリア嬢をお捜しですか？　先ほど殿下は彼女とお話しされていたようですね」

「ああ……少し気になってね」

「……」

ロッティは笑みを崩さず、思索《しさく》に耽《ふけ》っている。やがて、少し迷いを含んだように口を開いた。

「あまりこういったお話はしたくないのですが……マグノリア嬢にまつわる噂、殿下もご存知ですか？」

「ん？　ああ、まあ……」

「わたくし、そういう噂の類《たぐい》は信用しませんわ。ただ、先ほど他のご令嬢方からマグノリア嬢にひどいことをされたと相談されましてね」

「……何？」

「この交流会が始まる前にマグノリア嬢から髪の毛に虫を入れられたり、アクセサリーを壊されたりと、嫌がらせをされたみたいで……皆が言うには、他の婚約者候補を蹴落《けお》とそうとしていると」

「……マグノリア嬢が？」

それはさすがに流言《りゅうげん》だろう。

マグノリアが私との婚約を望んでいないのは、先ほどの態度を見れば火を見るより明らかだ。もともと興味がないのだから、他の婚約者候補を蹴落とす必要などない。

実際に嫌がらせを行ったのかは不明だが……マグノリアが悪女だという噂が、こうして悪い評判を勝手に生み出していくのかもしれない。

「かくいうわたくしも、先ほどマグノリア嬢とぶつかった際にコサージュを汚《よご》されてしまって……まあ、わざとではなく偶然のようでしたけれど」

汚れがひどかったのか、ロッティのドレスにコサージュは付いていない。

この話を持ち出した彼女は、令嬢たちから直接聞いたこともあってか、マグノリアを少し疑っているようだ。

「……間違いを起こすことは誰にでもあることですし、わたくしは彼女を非難する気はありません。

ただ、もし本当に悪女ならば、自分の過《あやま》ちに気付くまでは少し時間が必要かもしれませんわね」

「……」

「マグノリア嬢が殿下の婚約者候補に挙がることはないでしょうが、少し心配になりましたもので。差し出がましいとは思いましたけれど」

「いや……」

ロッティはマグノリアが私の婚約者になることを憂慮《ゆうりょ》しているのか。

国王の一存で婚約者になりかけているとは口が裂《さ》けても言えない。私は言葉を濁《にご》した。

——結局、その後マグノリアが再び会場へ戻ってくることはなかった。


交流会をつつがなく終えた後、私は高座にいる父上のもとへ向かった。

父上は肘《ひじ》をつき、不機嫌そうな表情だ。そして口火を切る。

「期待外れだったな」

「マグノリア嬢のことですか？」

「ああ。他の令嬢を潰《つぶ》すために、会場のシャンデリアを落とすぐらい派手なことをしてほしかったものだが……アレは何もせず勝手に帰ってしまったわ」

「……」

たとえだとわかっていても、そんなことを許容するなと突っ込みたくなる。

機嫌を損《そこ》ねるだけなので、何も言わないのだが。

「つまらぬ。稀代の悪女だというのは噂が肥大化《ひだいか》しただけなのか、それとも今日は暴れる気分じゃなかったのか……なんにせよ無駄《むだ》な時間だった」

「……それで、私の婚約者はどうされるおつもりですか」

「はあ？　そんなもの、もうどうでもいい。すっかり興《きょう》を削《そ》がれた。お前が勝手に決めよ」

「……」

「ほれ、もう行け。話は済んだ」

「……失礼いたします」

私はその場を辞《じ》した。

交流会の開催にかかった経費、王太子の婚約者になれるかもと期待させられた令嬢たち、無駄にした半日の時間。

父上の気まぐれで犠牲《ぎせい》になったものは多いのに、それをたった一言で終わらせる……これが肉親である事実が、何よりも憎らしい。

失脚《しっきゃく》させてやろうか……不穏《ふおん》なことを考えつつ城の廊下を歩いていたら、フィルが柱に寄りかかって待ち構えていた。

「レイ、お疲れ」

フィルは柱から背中を離し、同情的な眼差しをこちらに向ける。

「国王様に振り回されて気の毒だな、お前も……で？　婚約者は決まったのか？」

「当初はロッティ嬢とマグノリア嬢が候補に挙がったのだが」

途端にフィルの表情が険《けわ》しくなる。

……不愉快《ふゆかい》にさせることがわかっていたから、今まで黙っていたのだ。

「マグノリアだと？　それはねえよ。国王様がいくら勧《すす》めようが、ありえねえ。あの女がレイの婚約者になるなら、悪いけど俺は護衛を辞めるぜ。顔を合わせるのはごめんだ」

フィルは同じ騎士団に所属する友人が『悪女マグノリア』によって陥れられた。そのため、マグノリアのことを憎んでいる。

なんでも、とある行事にて彼女がその友人……カイリに襲《おそ》われたと騒ぎ立てたのだそうだ。

「心配は無用だ。結局、自分で決めろと投げられたよ。飽きたみたいだ」

「なんだそりゃ。相変わらずだなあ、国王様はよ……ま、飽きてくれてよかったか。それなら一択だな」

「ああ。予定通り、ロッティ嬢と婚約するつもりだ。だが……」

「ん？」

実際マグノリアと会ってみて、噂の悪女とはずいぶんイメージが違った。

媚《こ》びるどころか私に不利益が生じると暗に忠告した彼女は、悪女らしくないというか……

私の気を引くための作戦ではとも考えたが、それならさっさと帰るのは変だろう。

それにあの憂うような瞳が妙に印象的で、頭から離れない。悪女と評されるのには、何か事情がある気がしてならないのだ。

「……いや、なんでもない」

しかしそんなことを言えば、フィルは間違いなく怒るだろう。ここは黙っておこう。

『悪女マグノリア』に対して、落ちないインクの染《し》みのような違和感を残したまま、私はロッティ・バーネット侯爵令嬢と婚約を交わしたのだった。

❖ ◇ ❖

そして数か月後。

婚約披露パーティーを開催する運びとなったのだが――そのパーティーの最中に、『悪女マグノリア』は私の前で膝をついていた。ワインレッドのドレスにあしらわれたフリルが、潰れてしまっている。

両隣にいる騎士たちが、無理矢理彼女の頭を押さえつけて垂《た》れさせる。

抵抗していない相手にそこまでするな、と喉元《のどもと》まで出かかるが、彼女にかけられている疑いを思うと下手に口を出せない。

髪をぐしゃぐしゃに乱《みだ》されたマグノリアに向かって、私は重い口を開く。

「マグノリア・キャリントン。君には、私の婚約者であるロッティ・バーネット侯爵令嬢のワイングラスに毒を盛り、殺害しようとした容疑がかけられている。異論はあるか？」

「……」

「……ないのなら、君はこのまま投獄され、処刑となるが」

マグノリアはわずかに顔を上げ、虚ろな目でどこかを見つめている。

憔悴《しょうすい》しているというより、まるですべてを諦《あきら》めているかのような不思議な眼差しだった。

口を結んだまま否定も肯定《こうてい》もしない。

「……」

「異論は……ないのか？　あるいは、自分がやったと認めるのか？」

私の声が聞こえているのかいないのか、マグノリアはその虚ろな瞳から涙を流す。声も上げずに、ただひっそりと。

自分の犯行を後悔したのとは違う、何かに深く絶望したようなあまりに儚《はかな》い姿だ。私は言葉を失った。

人を陥れることに快楽を覚えると言われている悪女が、こんな顔をするか？　弁解の一つもせず、ここまで無抵抗を貫《つらぬ》くことなんてあるのか？

噂では、『悪女マグノリア』に人生を潰された被害者の数は計り知れないという。人々の恨みを聞きながら、当のマグノリアはやられる方が悪いと高笑いをするのだと……

――心に落ちたインクの染みが広がっていく。

拭えない違和感。

噂の悪女と、目の前にいる彼女の姿がどうしても噛み合わない。

「王太子殿下が質問されている！　答えんか！」

兵士の一人が、マグノリアの後頭部を強く殴打した。その弾《はず》みで彼女は床に頭を打ちつける。打ちどころが悪かったのか、マグノリアは再び頭を上げた際に少しふらついた。思わず顔をしかめる。

「君、余計なことをするな……マグノリア嬢、何か言いたいことはないのか？」

兵士の行動を咎めてから、再度マグノリアに問いかけた。すると彼女は涙をこぼして嘲《あざ》けるような笑みを浮かべた。

「……言ったって、誰も信じてくれないじゃない。信じてくれなかったじゃない」

「どういう……ことだ？」

「私はただ普通に生きたかっただけ。でも、もういい……どうでもいいわ。すべてがどうでもいい」

マグノリアが胸元のペンダントを強く握りしめる。

「どうか私を——殺してください」

そしてバラの形をした赤く輝くルビーにそっと口づけた。

その瞬間、ルビーがまばゆい光を放った。

目が眩《くら》むほどの明るさに、私は顔を背けて目を瞑る。

ペンダントから放たれた光は徐々に和《やわ》らいでいった。

そっと目を開けた私は、目の前の光景にぎょっとする。

「な……なんだ？」

そこには、身体から白い光を発する女性が浮遊していた。

髪は床につきそうなほど長く、身にまとうのは白い布のような見たことがない衣装だ。

目を閉じて笑みを浮かべているその姿は、明らかに人ではない。

神秘的な雰囲気を醸《かも》し出す相手に、私は問う。

「何者だ……？」

「私は運命を司《つかさど》る女神、アイネと申します」

「め、女神……？」

にわかには信じられないワードに困惑する。

女神アイネは左手を伸ばし、指を差した。

「私はそこにいる哀《あわ》れな娘を救うためにここへ来ました。お願いを聞いてくれますか？」

「……哀れな、とはマグノリア嬢のことか？」

宝石に口づけるマグノリアは、石像のようにぴくりとも動かない。

「……！」

私はそこでやっと周囲の異変に気付いた。

このパーティー会場に集《つど》った人々の動きが、私以外すべて止まっている。まるで時を止められたかのようだ。

自称女神が現れたことに気を取られて、変化に気付くのが遅れた自分を大いに恥じる。

「マグノリアの運命を、あなたたちの手で変えてほしいのです」

自省していると、女神が話しかけてきた。

「運命を変えるだと……？　彼女は数々の悪行を働いたと噂される人物だぞ。なぜ救おうとするんだ？」

「マグノリアは元より悪女ではありません。そうならざるを得なかったのです」

「それはどういう……」

「環境が彼女を悪女に仕立てあげたのですよ。要因は他にあります……ところで王子レイの隣に立つ騎士よ、いつまで止まったフリをしているのですか？」

……名乗った覚えはないが、私の名前を知っているのか。

女神に指摘され、隣で身を固くしていた騎士——フィルがぴくりと動く。

「気付いてんなら声をかけないでくれよ、女神サマ」

「すみません。ですが、あなたともお話がしたいのです」

「フィル、お前……」

私が非難する視線を向ければ、フィルは面倒くさそうに頭を掻いた。

「……申し訳ありません、殿下」

「今は私とお前しかいないようなものだ。いつものように砕《くだ》けた口調で構わない。お前の畏まる姿は面白いが、少し気味が悪いんだ」

「ふん、俺だって好きで畏まってるわけじゃねえよ……で、女神サマとやらは何をしてほしいって？」

フィルは目つきを鋭くし、うんざりとした表情で女神に尋ねる。心の底から関わりたくないというオーラが滲《にじ》み出ていた。

「マグノリアが悪女になるのを阻止《そし》してほしいのです」

「いや、そんなもん無理だろ」

断言するフィルに向かって、女神が首を横に振る。

「今、あなたたち以外の者の時を止めているように、私には時間と空間を操る力があります。マグノリアがまだ悪に染《そ》まっていない頃まで時を戻すので、あなたたちに彼女の『悪女化の芽《あくじょかのめ》』を摘《つ》んでいただきたいのです」

「『悪女化の芽』を摘む？　なんだそれ？」

「簡単に言えばきっかけのことです。マグノリアが悪女になるきっかけ……つまり要因を潰してください」

女神の意図は理解したが、腑《ふ》に落ちないことがある。

「ご婦人……いや、女神よ。どうして私たちなんだ？　マグノリア嬢の時を戻し、本人に人生をやり直させたらいいのでは？」

「そうしたいのは山々ですが……もはや、それはできないのです」

「なぜだ？」

「理由はいずれわかる時が来ます。今は話すことができません。とにかく、もう頼れるのはあなたたちしかいないのです」

「俺は嫌だぜ。その女に関わるなんてまっぴらごめんだ」

フィルが動かないマグノリアを睨み、吐き捨てた。

友人の人生を壊した『悪女マグノリア』を、こいつは反吐《へど》が出るほど嫌っている。そんな相手を助けることなど、許容できるはずないか。

「……そうですか。では、王子レイはどうですか？」

女神はフィルの返答を聞いて残念そうに眉を下げると、私に期待を移した。

「私は……」

私は迷っていた。

女神を名乗り、人ならざる力を振るっているからといって、その言葉をすべて信用していいものか。

現在、マグノリアには私の婚約者であるロッティを殺害しようとした疑いがかけられている。

いくら悪女らしくない態度に違和感を持っていたとしても、それで疑惑が晴れるわけではない。

すべてが演技で、彼女が本物の悪女であるとしたら……私は迷いを振り切れない。

しかし、先ほどの言葉も引っかかる。

「私はただ普通に生きたかっただけ」

マグノリアは確かにそう言った。

もしもそれが本心なら、女神の『マグノリアは元より悪女ではありません』という発言の信憑《しんぴょう》性《せい》が増す。

……どうするべきか。

そんな迷いを感じ取ったのか、女神が口を開く。

「一つ教えて差し上げましょう。マグノリアはロッティのワイングラスに毒を盛っていません」

「!?　それは本当か？」

思わず尋ねると、フィルが声を上げた。

「嘘だろ!?　だってあの女が毒を入れたのを見たって証言したのは、騎士団長で――」

「その者は嘘をついています」

「ふざけるな！　団長はそんな人じゃねえ！」

「私は真実だけを話しています。あなたの気持ちは理解しますが、盲目的《もうもくてき》に信じ込み、卑劣《ひれつ》を見逃そうという態度は、騎士たるものとしていかがでしょうか」

「！」

フィルが言葉を詰《つ》まらせた。

――騎士たるもの、卑劣を許さず。

それはフィルが持つ騎士道精神の一つだ。騎士団へ入団してからというもの、彼がよく口にしていたので私も記憶している。

騎士団長を信ずる心は立派だが、もし悪に手を染めているならば、騎士道精神に則《のっと》って真偽を確かめる必要がある。

いくらマグノリアに恨みがあるとはいえ、卑劣な行いを見逃す理由にはならないのだから。

フィルが反論できずに黙り込んだのを一瞥《いちべつ》し、女神は私に問いかけた。

「王子レイ。あなたも物事の上辺しか見られないとはあまりに見識が狭《せま》い。それでこの国の将来を背負うつもりですか？」

鋭い指摘に返す言葉がない。

確かに、ロッティのワイングラスには毒が盛られていた。ただ、騎士団長という信頼の置ける立場からの証言を鵜呑《うの》みにしてしまい、本当にマグノリアによる犯行なのか調べていなかった。

女神が言うには、マグノリアは冤罪《えんざい》だ。それも、誰かに陥れられたのだと。

彼女を犯人に仕立てあげた人物は、思い通り事を運べて、裏でほくそ笑んでいることだろう。

もちろんこの女神の言うことをすべて信用するわけではないが……マグノリアのあの憂いを帯びた瞳には、やはり何か隠されていることがあるとしか思えない。

——私の心は、決まった。

「……女神よ、あなたに協力しよう。私もマグノリア嬢の態度には違和感を抱いていた。あなたの言う通り、彼女が何者かによって悪女に仕立てあげられたと言うならば、私は一国の王太子として真実を見極めるべきだろう」

「そうですか、感謝いたします。それでは、騎士フィルはどうしますか？」

「俺は……あんたに団長の名誉《めいよ》を傷つけられたんだから、シロだって証明しなきゃ気が済まねえ。ただ時を遡るのは構わねえが、俺はその女を助ける手伝いはしねえよ。あくまでレイの護衛としてついていくだけだ」

「承知しました。それでは時を巻き戻します。あなたたちの健闘《けんとう》を信じていますよ」

女神が天に向かって両手を掲《かか》げた。

「待ってくれ、マグノリア嬢を陥れた人物というのは――」

黒幕を確認しようとしたが、質問は間に合わなかった。

女神の手のひらからとてつもない量の光が放出される。

私とフィルは光に呑み込まれるようにして意識を失った。

第二章　幼少期マグノリアとの出会い

風に溶《と》ける爽《さわ》やかな花の香《かお》り。

混濁《こんだく》する意識の中、鼻を抜けるその匂いを心地よく感じる。

ああ、私は夢を見ているのか。

婚約披露パーティーでの事件も、自称女神が現れたことも、時を遡ってマグノリアの『悪女化の芽』を摘んでほしいという依頼も、全部夢だったのか……


「――いだっ!!」

突然ガンッと頭を殴られたような衝撃《しょうげき》が走る。私は一瞬で意識を覚醒《かくせい》させた。

「いつまで寝てんだよ、レイ」

どうやらフィルが私の頭をチョップし、叩き起こしたようだ。

「どういう起こし方を――」

あまりに乱暴なやり方に抗議《こうぎ》しようとするが、フィルを見た途端、言葉を失ってしまった。

「……お前、その姿は……」

「あの女神、俺らが子どもの頃まで時を戻したようだぜ。だいたい十年前ってところか。ったく、八歳の俺じゃ、レイの護衛じゃなくてただの従者《じゅうしゃ》じゃねえか。やってらんねえな」

「八歳……」

言われて私は自分の身体を見てみる。

子ども特有の小さな手に短い足。着ている服も見覚えがある。幼い頃の私がよく着ていたものと同じだ。

「マグノリア嬢は確か……私たちより二つ年下だったはずだ」

「ふーん、じゃあ、あの女は今六歳か」

顔をしかめたフィルを横目に、私はあたりをキョロキョロと見回す。

「ところでここはどこなんだ？　庭園のように見えるが……」

周囲には、美しい色とりどりの花がいっぱいに広がっていた。

ここまで立派な庭は見たことがない。庭園と言うよりも花畑と言った方がいいのではと思うほど、花で埋め尽くされていた。隅々まで手入れが行き届いていそうだ。

先ほど感じた花の香りは、この庭のせいだったのか。

「さあな。どっかの貴族様のお屋敷とかだろ。それよりこれ、俺ら勝手に入り込んだ侵入者《しんにゅうしゃ》になるんじゃねえか？」

女神アイネは時間と空間を操る力があると言っていた。王城にいた私たちを、別の場所に転移させることができたとしてもおかしくはない。

「それはまずいな。早くここから出ないと」

私たちは出口を探して歩きだした。

「それにしても、無駄に広いなこの庭園。どっちに行けばいいのか全然わからねえ」

「困ったな。今見つかったら言い訳ができない」

「……残念だな。もう見つかったみたいだぜ」

「何？」

フィルが指差す方を見ると、美しい金色の髪をふわふわとさせた、可愛《かわい》らしい女の子が立っていた。

生花のような朱色《しゅいろ》の髪飾り。カナリアのようにきれいな、思わず触れてしまいたくなるほどに柔《やわ》らかそうな金髪。それをさらに引き立たせるようなアイリス色の瞳は、つい先ほど見た彼女と同じだ。

圧倒的な存在感を放つ女の子の彩《いろど》りに、その髪と瞳はほどよいアクセントを与えていた。

「マグノリア嬢……」

「え……？　どうして、私の名前……？」

「あ……いや」

墓穴《ぼけつ》を掘《ほ》った。今の私たちは初対面だ。いきなり名前を呼ばれて、マグノリアは困惑している。

……まずい、ここで彼女に騒がれたら終わりだ。

私は頭をフル回転させて、納得させられそうな言い訳を探す。

「マ、マグノリアの花だ。後ろに咲《さ》いているマグノリアがとてもきれいで、君がまるで花の精《せい》みたいに見えたから」

苦しい言い訳だと、自分でも思う。

フィルが小声でボソッと「いや、キツくねそれ？」と言ってきたので、鳩尾《みぞおち》を肘で突いて黙らせた。

「……本当っ⁉」

「え？」

私の心配をよそに、マグノリアは満面の笑みを浮かべた。

将来悪女と呼ばれることになる子だとは思えない、純真無垢《じゅんしんむく》な笑顔。

不覚にも、その顔に見惚《みと》れてしまった。

「お母様、お花が大好きなの。特に好きなのがマグノリアでね、だから私の名前もマグノリアなの！」

「そ、そうなのか」

「お兄ちゃんたち、迷ったんでしょう？　この前もね、女の子がここへ迷い込んだんだよ。出口に案内してあげる！」

マグノリアが私の服の袖《そで》を掴み、無邪気に引っ張る。

この女の子は、本当にあの『悪女マグノリア』なのか？

交流会で出会った彼女は、警戒心を隠そうともせず、近寄りがたい雰囲気だった。周りに人を寄せつけまいとする圧があった。

こんなにも年相応の少女らしく振る舞っていた時期があるとは……なかなか信じられない。

女神が言っていた『マグノリアは元より悪女ではない』という言葉を思い出す。

「あれ？　お兄ちゃん、怪我してる！　大変！」

「ん？　怪我だと？」

「おでこのあたり、赤くなってるよ」

思い当たる節《ふし》がなく、私はマグノリアが指差す場所にそっと触れてみる。

「あー。そういやさっき俺の手が当たっちまったわ。悪いな」

フィルが悪びれもせず口先だけで謝ってきた。

こいつ、幼なじみという立場に胡座《あぐら》をかいて、何をしても許されると思っていないか？　私は王太子なのだが……

「痛そう……よかったら私のお家《うち》に来て！　冷《ひ》やした方がいいよ！」

「いや、これぐらい平気――」

「メア！　メアーー!!」

断る間もなく、マグノリアが大声で誰かの名を叫んだ。

するとどこからともなくメイドがすっ飛んできた。よほど慌《あわ》てていたのか、血相を変えて走ってきた彼女はひどく息を切らしている。

「お嬢様、捜したんですよ！　……ってあら、こちらの二人は？」

「メア、あのね――」

マグノリアが私たちのことを説明する。

メアというのはこのメイドのことらしい。オリーブグリーン色の髪の毛を後ろでお団子に結い上げた女性だ。年齢は二十代後半といったところか。

マグノリアはメアの両手を掴んで左右に振り、楽しそうに話している。ずいぶんと慕《した》っているようだ。

マグノリアの説明を受けて、メアは私とフィルを不審がるどころか、額の手当てをすることを快《かい》

諾《だく》した。

かくして私たちはキャリントン伯爵家に招《まね》かれることになったのだ。

屋敷に入ると、至《いた》るところに飾られた花が私たちを出迎えた。

赤、黄、青、白、ピンク、緑……ここにはすべての色があるのではと疑うほどカラフルで、多種多様な花を揃《そろ》えている。

目を喜ばすほどに花の数は多いのに、不思議と香りは喧嘩《けんか》せずに調和している。

マグノリアの母親はよほど花を愛しているのだろう。

目を奪われながらもメアの案内についていき、私たちは応接室に通された。そこで手当てを受ける。

フィルは憎きマグノリアが近くにいることが不愉快らしい。座りもせずに窓辺で腕を組み、つまらなそうに景色を眺めている。

メアは手際よく私の額を消毒すると、安心させるように優しく微笑んだ。

「さあ、手当ては終わりましたよ。迷ったとのことですが、お帰りの手段はありますか？　見たところ、どこかの貴族家のご令息《れいそく》のようですが……」

「よかったらうちの馬車を使って！　送っていってあげる！」

「そうだな……フィル、どうする？」

マグノリアの提案を聞き、私はフィルに呼びかけた。

「いったん戻った方がいいんじゃねえか？　ここには改めて礼に来《く》りゃいいだろ」

今の私たちは護衛を連れずに城から離れている状態だ。もしかしたら今頃、城中の者が顔を真っ青にして捜しているかもしれない。

マグノリアとの面識はできた。フィルの言う通り、ここは一度城に戻ろう。

「ああ、ではカルヴァンセイル城まで送っていただけないか」

「えっ、お、王城……ですか？」

メアが表情を曇《くも》らせると、マグノリアは怪訝《けげん》そうな顔をした。

「？　メア、どうしたの？」

「いえ、あの……」

私の身なりから、なんとなく身分が高いことを察していたみたいだが……

「名乗りもせず失礼した。私はこの国の王太子、レイ・ケイフォード。そこの窓辺にいるやつは私の護衛……いや、従者のフィルだ」

「えっ！　王子様だったの⁉」

「も、申し訳ありませんでした！　そうとは知らず失礼な態度を……」

私が身分を明かすと、マグノリアは目を丸くした。

メアが顔を青くして、勢いよく頭を下げる。

「いや、気にしないでくれ。こちらこそ敷地内《しきちない》に勝手に入ってしまってすまなかった。マグノリア嬢、また後日礼を言いに来てもいいか？」

「お礼なんていいよ！　でも、会いに来てくれるのは大歓迎《だいかんげい》！」

「……そうか、よかったよ」

喜んで両手を挙げるマグノリアの姿は、私が記憶する彼女の印象と著《いちじる》しく乖離《かいり》している。

このまま朗《ほが》らかに成長すれば、悪女だと世間から非難されることなんてまずないだろう。一体何があって、悪女と呼ばれるようになってしまったのだろうか？

私は無垢な笑顔を、複雑な気持ちで眺めた。


キャリントン伯爵家から王城へ戻った。ところが、想定していたようなパニックはまったく起こっておらず拍子《ひょうし》抜《ぬ》けした。

出迎えた執事のサイラスがいつもと変わらない様子で畏まる。

逆行した時から十年分若くなっているわけだが……サイラスはあまり見た目が変わっていない。

「お帰りなさいませ、殿下。ずいぶんと早いお帰りですね」

「そう……かな？」

「いつもなら夕方まで散策《さんさく》されるではないですか。そろそろ控えていただきたいものですね。王太子ともあろう方が、護衛も連れずに外を出歩くなど……いえ、抜け出すと言った方が正しいでしょうか」

「！　……ああ、そうだったな。悪かった、気を付けよう」

サイラスに言われて思い出す。

そういえば、昔はよくフィルと一緒に城からこっそり抜け出し、外で遊び回っていた。

もちろん毎回バレて、そのたびにサイラスにこっぴどく叱られたものだ。

しかし、私たちが懲《こ》りもせず外出するものだから、サイラス以外の使用人たちには匙《さじ》を投げられていた。

私が城にいないことは日常茶飯事《にちじょうさはんじ》だったから、今日も騒ぎにならなかったのか。

もし誘拐《ゆうかい》でもされていたらどうするんだと突っ込みたくなるが、自分の普段の行いが招いたことだ。そう考えると強く言える立場ではない。

私が素直に謝ったのを意外に思ったのか、サイラスは不思議そうにまばたきをした。

「……おや、今日はずいぶんと物わかりがいいのですね。何かありましたか？」

「ああ、途中道に迷ってしまってね。キャリントン伯爵家の庭園に入り込んでしまったんだ」

「キャリントン伯爵家⁉　とても歩いていける距離ではありませんよ。どうやってそこへ行ったのですか？」

「あっ、と……」

困っていると、フィルが助け舟《ぶね》を出してくれた。

「俺が親父の知り合いの御者《ぎょしゃ》に頼んだんだよ。そこの近くに用事があるって言ってたから」

「フィル！　またお前は……殿下に何かあったらどうする！」

「何もなかったんだからいいだろ」

「馬鹿者！　今までは近場をウロチョロするだけだから見逃していたが、今回はやりすぎだ……殿下、これからは行動を制限させていただきますよ」

「構わないよ。これからは行き先を伝えてから出かけるようにする。それでも不安なら、フィル以外の付き人をつけてくれ」

昔は自由を欲して外へ飛び出していたが、十八歳の私は我がままに巻き込まれる者の苦労を知っている。外へ出たい時は申告すればいい。護衛がくっついてくるだけだ。

子どもの頃はそれさえ窮屈《きゅうくつ》で嫌だったが、成長してからは必要なものだと理解した。行き先も告げずに出かけるような無鉄砲《むてっぽう》な真似は、今の私にはできないだろう。

それに監視の目が増えたところで、マグノリアに会えなくなるわけじゃない。

だからすぐに納得したのだが……それがかえってサイラスに不信感を抱かせたようだ。

「……殿下、失礼ながら何か変なものでも召《め》し上がりましたか？　物わかりがいいなんて、おかしいですよ」

「いや……心を入れ替《か》えたんだ。私だっていつまでも好き勝手するわけにはいかないからな」

私の答えを聞いて、サイラスはぎょっとしたようだ。隣に立つフィルを睨む。

「フィル、何があったか報告なさい。殿下は確かに年齢のわりには大人びた方だったが、ここまで聞き分けがよくなるなんて……出かけた先で何が起きたんだ……!?」

「何もねえよ。人間、急成長することだってあるだろ」

「適当なことを言うんじゃない！」と怒り出したサイラスを宥《なだ》める。

心を入れ替えたと言ったところで簡単には信じられないだろう。それを十分に理解しながら、なんとかサイラスを落ち着かせた。

「それより、私たちがここへ戻ってこられたのはマグノリア嬢のおかげなんだ。後日礼に伺《うかが》いたいんだが……」

「でしたら、何かお礼の品を送っておきましょう。わざわざ殿下が足を運ぶ必要はないかと」

「いや。私が直接言いたいんだよ、サイラス」

そう告げると、サイラスは目を見張った。

「……！　まさか殿下、マグノリア嬢を気に入られたのですか？」

「ん……まあ、そういうことになるのか……」

サイラスに「マグノリアの悪女化を阻止するために交流を続けたいんだ」と説明したところで、乱心したとしか思われまい。面倒なのでそういうことにしておく。

サイラスはよほど衝撃を受けたのか、両手を上げてのけぞる。

「しょ、しょ、承知いたしました！　そういうことでしたら、ご挨拶に伺うのに不足がないよう、お召し物を新調いたしましょう！　手土産《てみやげ》には最高級品を用意しなければ！　すぐに有名デザイナーと商人を連れてまいります！」

「待て、サイラス。そこまでしなくても――」

止めようとした私の手は、虚しく空《くう》を掴んだ。

「もう行っちまったぜ」

サイラスは優秀な執事だが、どうにも早合点《はやがてん》しがちなところがある。私はため息をついた。

「レイ、ちょっと休憩しようぜ。喉が渇《かわ》いた」

「そうだな。ちょうど聞きたいこともある。私の部屋へ行こう」

メイドに頼んで紅茶と菓子《かし》を用意させた後、私は人払いを済ませた。

遠慮《えんりょ》なく菓子を貪《むさぼ》っているフィルに疑問を投げる。

「なあ、フィル。お前の友人がマグノリア嬢に人生を台無しにされたという話だが、詳しく聞かせてくれないか」

フィルは菓子を食べる手をぴたりと止め、片眉を寄せて嫌そうな顔をした。

「せっかくの菓子がまずくなる話するなよ……あいつはあの女のせいで投獄されて、騎士をクビになったんだ。家族のために金を稼ごうって、一生懸命だったたってのにさ……」

「確か、マグノリア嬢に冤罪をかけられたって話だったな」

「あの女が『身体を触《さわ》られた』って騒いだんだとよ。もちろんあいつ……カイリはそんなことするやつじゃねえ。カイリには婚約者がいて、もうすぐ結婚式を挙げる予定だったんだ。あの女はただの暇潰《ひまつぶ》しで騒ぎを起こしたのかもしれねえが、おかげでカイリの婚約は白紙になった。家族からも見放されて、どこかに消えちまったんだ」

「そうか……それはひどいな」

その話が本当ならば、フィルがマグノリアを憎む気持ちも確かにわかる。大事な友人がそこまでひどい目に遭ったのなら、私だって許せないだろう。

「……待て、フィル。時を巻き戻したんだ。そのカイリという人は、まだ被害に遭っていないわけだろう？　マグノリア嬢さえ悪女にならなければ、友人を救えるじゃないか」

「まあ、それはそうなんだけどよ。俺はあの女の存在自体が気に食わないんだよ。あわよくば消したいと思ってる」

フィルが物騒《ぶっそう》なことを口走った。

「気持ちはわかるが、それで解決するのか？　少なくともあの時……ロッティ嬢のワイングラスに毒を盛った件では、マグノリア嬢を罠にはめようとした人物がいたんだ。もちろん単純に『悪女マグノリア』に対して恨みを持った人物がやった可能性はある。でももし、彼女を悪女に仕立てあげたかった人物の犯行だったとしたら？」

「……なんだよ、あの女を庇《かば》うのか？」

「違う、そういうことじゃない。私は女神が言っていた『環境が彼女を悪女に仕立てあげた』という言葉が気になっているんだ。マグノリア嬢を陥れて陰《かげ》でほくそ笑む人物がいるのなら、その者を野放しにするのは危険だ」

「……」

フィルはそれでも気に入らないようで殺気立ち、険しい表情を浮かべる。

でも引くわけにはいかない。

あの時、私は別の犯人がいることに気付かず、誰かの思惑通りにマグノリアを処刑しかけた。まんまと利用されてしまったのだ。それを腹立たしく思うのと同時に、自分の情《なさ》けなさに失望した。

「フィル、協力してくれとは言わない。ただ、私はマグノリア嬢という女性を知りたいと思う。もしまた彼女がどうしようもない悪女になるならば、その時はお前の好きにすればいい」

「……その言葉、忘れんなよ。あの女が前の時と変わんねえようなら、俺は迷わず斬《き》るからな。殺人の罪で捕まるとしても、悪女の被害者が出るよりはマシだ」

私が頷くと、不満げではあるがフィルは納得したようだ。再び菓子をボリボリと食べ始める。

今の背格好《せかっこう》に見合った子どもらしい振る舞いだ。少し笑いながら眺めていたが……やがて大量の商品を持った商人と、目をきらきらと輝かせたデザイナーが部屋にやってきた。

そして私は、プレゼント選びと服作りに振り回される羽目《はめ》になったのだった——

❖　◇　❖

数日後、私は新調した白いコートを身にまとい、立派に包装されたプレゼントを持ってフィルと共にキャリントン伯爵家を訪れた。

訪問する旨《むね》はあらかじめ手紙で連絡しておいたので、伯爵家の玄関にはずらりと使用人たちが並んで私の到着を歓迎した。

頭を下げる彼らの横を通りすぎて、私はマグノリアの元へ向かう。

「やあ、マグノリア嬢」

フリルが多いピンクのドレスに身を包み、片手を上げた彼女は満面の笑みを見せた。

「殿下！　いらっしゃいませー！」

「こら、マグノリア。きちんと挨拶しなさい」

「あう……」

マグノリアの隣に立つ中年の男性が諭《さと》す。

この男性の顔は見覚えがあった。マグノリアの実父《じっぷ》、キャリントン伯爵だ。

しかし私の記憶では伯爵はもっと顔色が悪く、きつい顔つきをしていたはずだ。性格が悪く、周りからの評判もよくない印象だったのだが……今の伯爵は優しい父親の顔をしていて、到底そうは見えない。

「で、殿下……ようこそ、いらっしゃいませ、ました」

マグノリアは不慣れなのか、ぎこちなくドレスの裾を持ってお辞儀《じぎ》する。

上手くできていないのが自分でもわかっているらしい。恥ずかしそうに顔を赤らめた。

一生懸命な様子が微笑ましい。

「マグノリア嬢、先日は世話になった。君のおかげで無事に王城へ戻ることができたよ。感謝している」

「い、いえ……」

「殿下、わざわざ御足労《ごそくろう》いただきありがとうございます。さ、立ち話もなんですから、どうぞこちらへ」

キャリントン伯爵に案内されたのは、私たちが迷い込んだ庭園だった。

以前来た時は焦《あせ》っていて気付かなかったが、そこにはアフタヌーンティーを楽しむためであろう小さな建物があった。

縦長のドーム型の形状で、ガラス張りになっている建物だ。風通しをよくするためか、東西南北の四方向に出入口が設けられていた。パッと見た印象は美しい鳥籠《とりかご》のようだ。

その建物の周りにはつる状のバラが巻きついており、華《はな》やかな印象を抱かせる。

洗練《せんれん》された外観はまるで芸術品のようで、見ているだけでも思わず感嘆《かんたん》のため息をつくほど美しいものだった。

「こんなにきれいな庭園は初めてだ。手入れが非常に行き届いているな。よほど花に愛情がなければ、ここまで美しくは育たないだろう」

「お褒《ほ》めいただき光栄です、殿下。我がキャリントン家で唯一《ゆいいつ》自慢《じまん》できるものでして……私の妻が花好きなものですから。この建物はティータイムをよりいっそう楽しむためのもので、『リトル・ティーガーデン』と名づけました」

「そうか。しかし、この素晴らしい庭園を造《つく》り上げた夫人の姿が見えないようだが……」

「妻は病気で伏《ふ》せっておりまして……ご挨拶できないことをお許しください」

マグノリアの実の母親とは面識がない。私の知っている伯爵夫人はキャリントン伯爵の後妻《ごさい》、マグノリアの継母でもあるイライザという女で、悪名高くて有名だった。

好き勝手した結果多方面から恨みを買い、暴漢《ぼうかん》に刺《さ》されて死んだ挙句、その死体は見せつけるように広場に晒されていたと噂で聞いたものだ。

継母がひどいものだったから、実母がどんな人なのかは非常に興味深い。

今のマグノリアの雰囲気からして、悪い人間ではないのは間違いないが。

「お母様は動けないから、代わりに私がお花を管理しているのよ」

「君が？　それはすごいな」

「マグノリア、言葉遣いを丁寧《ていねい》になさい、失礼だろう……申し訳ありません、殿下」

「気にしなくていい。そんなに畏まる必要はないよ、マグノリア嬢。気にせず話してほしい」

「うん！」

慣れない言葉遣いをしなくてもいいと緊張《きんちょう》から解放されたのだろう、マグノリアは屈託《くったく》のない笑顔で頷いた。

まだまだ子どもらしいなと、私の口元は自然と緩む。

「お母様がこのお庭を造るのを私、隣でずっと見ていたの！　それを思い出しながら真似しているうちに、きらきら飾るのが楽しくなってね。ここの周りのお花たちは私が用意したんだよ」

「このティーガーデンを彩るバラは、君が育てたのか？　それはすごい才能だ」

「うん！　私もお母様みたいに、素敵なお庭をたくさん造りたいの！　ここのお家だけじゃなくてね、他のお家にも！」

「そうか。じゃあ、いつか王城にもティーガーデンを造ってくれるか？」

「いいよ！　約束ね！」

私はマグノリアと小指を結ぶ。

彼女はよほど嬉しいのか、指を何度も上下に振ってからニカッと歯を見せて笑った。

「失礼いたします」

私たちがティーガーデンに設けられた席に着くと、以前も会ったメアというメイドがティーセットと菓子の載った盆《ぼん》を運んできた。ふわっと香ばしい匂いが鼻を掠《かす》める。

「わあ！　メア、クッキー焼いてくれたの!?」

マグノリアがメアのそばにぴょんぴょんと跳ねていく。

盆が当たらないように、メアは少し高い位置に腕を上げた。

「ええ、食べたいと何度もおっしゃっていたでしょう？　たくさん作りましたが、あまり食べすぎてはいけませんよ」

「うん、わかった！　殿下、メアのクッキーって本当においしいんだよ！　ぜひ食べて！」

「お、お嬢様……！　王太子殿下にはシェフの作ったお菓子がありますから……」

「いや、いただこう」

メアは自分の手作りなんてと恐縮している。しかし、マグノリアがそこまで勧めてくれるなら、食べない選択肢はないだろう。

メアが恐る恐るといった様子で私の前へクッキーの載った皿を置いた。

一つ手に取り、齧《かじ》る。サクッといい音が鳴った。

なめらかな舌触り。バターのいい香りが鼻を抜けた。

ほどよい甘さが舌に残り、食べきってしまうのが名残惜しく感じる。

次に手を伸ばしたくなるような、後を引く味だ。

なるほど。これは、マグノリアがせがむのも頷ける。

「うん、本当においしいな。君は一人でこれを作ったのか？」

「は、はい……！　レシピは他の方から教わったものですが……」

メアは少し気恥ずかしそうにする。

「私も食べてもいい!?」

マグノリアはいつの間にか席に着いていた。目をきらきらと輝かせて、今か今かと待っている。よほどお気に入りなのだろう。メアだけでなく、私も伯爵も目を細めて、マグノリアがクッキーを頬張る姿を眺めていた。

それから私たちは談笑し（フィルは離れたところに突っ立ってそっぽを向いていたが）、頃合いを見て夫人の見舞《みま》いを申し入れた。

伯爵は快諾し、マグノリアの案内でフィルと共に夫人の私室へ足を踏み入れることになった。

「お母様、入るよ？」

マグノリアが扉をノックし、ドアノブを静かに回す。

扉が開いた瞬間、馨《かぐわ》しい花の香りが私たちを包んだ。

少し開いた窓から風が入り、部屋の中に飾られた花の匂いを香らせる。

その窓際、大きなベッドの上に半身を起こした女性の姿があった。

彼女は私たちの姿を認めると、マグノリアと同じ髪色の、緩くウェーブのかかった長髪を耳の後ろにかけて優しく微笑んだ。

「あら、ずいぶん可愛らしいお客様ですね。マグノリア、新しいお友達かしら？」

「うん！　この国の王子様と、王子様のお友達なんだよ！」

「まあ……それは失礼いたしました。どうして殿下がこちらに？」

「突然すみません。先日、従者と一緒にこちらの庭園に迷い込み、困っていたところをマグノリア嬢に助けてもらったのです。今日はお礼を伝えに来たんですが、夫人が病《やまい》に伏せっていると聞きまして。迷惑かとも思いましたが、見舞いをと……」

伯爵夫人は柔らかい雰囲気がある女性だった。

とても優しそうで、もしマグノリアと死別していなかったら、娘を悪女にすることなんてきっとなかっただろう。

そう考えると、悪名高い継母がマグノリアを悪女にさせる要因……女神の言葉を借りれば『悪女化の芽』である可能性が高いか。

「迷惑だなんてとんでもない。ありがたいですわ」

「その……体調はいかがですか」

「今日はいい方ですわ」

夫人の返事を聞いて、マグノリアが心配そうに母の顔を覗《のぞ》き込む。

「お母様、起き上がっていて平気なの？」

「ええ、大丈夫よ」

そう言ってはいるが、顔色が優《すぐ》れない。

身体も痩《や》せ細っていて、病状はお世辞《せじ》にもいいとは言えなさそうだ。

「マグノリア嬢から、ここの庭園は夫人が造ったと聞きました。こんなにも素晴らしい庭園を見たのは初めてで、驚きました」

「あら、幼いのにお上手ですね。ただの趣味……にしては力を入れすぎたかもしれませんわね、うふふ」

「マグノリア嬢も、母君の趣味を受け継いでいるんですね」

「ええ、そうなんです……もうこの子一人でも十分に庭園を管理できますわ」

そう話す夫人の表情に、わずかな寂《さび》しさが浮かぶ。

夫人の言葉は、マグノリアの類まれなる管理能力を褒めているのだろうが……その裏に、自分がいなくなった後のことを案じる気持ちを感じる。

おそらく夫人は、自分の死期が近いことを悟《さと》っているのだ。

「……マグノリア嬢なら、きっと将来、夫人に負けないほどの才能が花開くことでしょう。実は王城の庭園を造ってもらう約束をしたんです。彼女が望む限り、庭園を任せたいと思っています」

幼い一人娘を遺《のこ》していくことはとても不安だろう。遠回しだが、私がマグノリアを見守るつもりだと伝えた。

「！　……そうですか。それはなんて心強いことでしょう。ありがとうございます、殿下。本当に……」

「お母様、泣いてるの？　どこか痛い？」

「……ううん、痛くないわ。殿下の言葉が嬉しかったのよ」

マグノリアはよくわからないらしく、不思議そうに首を傾げる。夫人はそんな娘の頭を優しく撫でた。

夫人の心のしこりが、これでほんの少しでも楽になるといいのだが……

私はフィルに目配せをして、二人に丁重に挨拶してから部屋を出た。


「……偽善《ぎぜん》だな」

廊下を歩いていると、フィルがぽつりと呟いた。

私は足を止めてそちらを振り向く。

「偽善ではない。私は本気で言ったのだから」

周りに人がいないのを確認し、フィルが耳打ちする。

「あの女が悪女になっちまったら、俺は殺すつもりなんだぞ」

「フィル。私を見くびっているな？　私は生半可《なまはんか》な覚悟で女神の依頼を引き受けたわけじゃない。マグノリアの『悪女化の芽』は一つ残らず摘むつもりだ。つまりお前のそれは杞憂《きゆう》にすぎない」

カルヴァンセイル国の王太子として、二度と同じ過ちは犯さない。

再びマグノリアが悪女になり、まだ見ぬ黒幕の思い通りに彼女を処刑する。

そんな未来がまた繰り返されるなんて、私のプライドが許さない。

それに……マグノリアへの贖罪《しょくざい》をしたい。

時間が巻き戻らなければ、私はマグノリアを無実の罪で殺していた。

今の彼女から笑顔を向けられるたびに、何も感じないわけではないのだ。

「ふん、そうかよ。そりゃ失礼したな」

フィルは両手を頭の後ろで組んで、嫌味たらしく吐き捨てた。

私はふてくされる従者に何も言わず、背を向けて再び歩き始めた。

❖ ◇ ❖

それから数週間が経ち、キャリントン伯爵夫人が亡くなった。

葬儀《そうぎ》には私も参列したが、マグノリアは見ていられないくらい憔悴しきっていて、胸が痛んだ。

声をかけたものの、泣いてばかりでとても言葉が届いている様子ではない。

マグノリアには母を偲《しの》ぶ時間が必要だろう。

しばらくの間、彼女に会いに行くのは控えることにした。

❖　◇　❖

マグノリアの心の整理ができたらまた家を訪ねよう。そう考えていた私の計画には誤算が生じた。

次に彼女を訪問できたのは、伯爵夫人の葬儀から半年も経った頃だ。

本当はもっと早く会いに行くつもりだった。

いつどこでマグノリアの『悪女化の芽』が出るかわからないため、できるだけ私の目が届くようにする必要がある。

しかし、会いに行く伺いを立てても、先方からことごとく断られてしまったのだ。

そしてようやく色よい返事があったのが、半年後の今日というわけだ。

伯爵家に向かう馬車の中で、私はため息をつく。

正直、この半年間というもの、気が気ではなかった。

マグノリアと会えない期間に問題が起こっていないか、怪《あや》しい人物が接触を図《はか》らないか、そもそも彼女は母親の死を乗り越えることができたのか……など、心配事は尽きないのだから。

私が気もそぞろでいるのを見かねて、執事のサイラスがキャリントン伯爵家に監視を付けてくれた。

サイラスは私が急に聞き分けがよくなったのを、マグノリアに恋したからだと結論づけたようだ。今や私の振る舞いに対して、不審そうにする様子はない。

近辺の様子は定期的に報告してもらっていたのだが……

騎士団長すら黒幕と繋がっている可能性がある以上、正直、完全に信用できる部下はいない。絶対的な味方であるのは、一緒に巻き戻ったフィルだけだ。

つまりは監視を付けていると言っても気休め程度でしかなく、不安を拭えなかった。

「レイ、もうすぐ着くぞ」

フィルに言われて馬車の窓から外を覗くと、キャリントン伯爵家の門が見えてきた。

外観は以前訪れた時と変わらないのに、なんだかとても暗い雰囲気が漂っているようだ。

そして残念ながら、その感覚は間違っていなかった。

馬車から降り、門をくぐった私たちは目の前の景色に驚く。

「フィル、これは……」

「……枯《か》れてんな、花」

キャリントン伯爵家を彩っていた花はみな枯れ、その残骸《ざんがい》が虚《むな》しく地面に落ちていた。

私は花びらを一つ拾う。花びらは指先の力にも負けてしまうくらいに弱々しく、ボロボロに砕け散ってしまった。

以前は使用人たちが明るく出迎えてくれたが……今回はメアが一人、立っているだけだった。

「ようこそいらっしゃいました……王太子殿下」

「メア……だったな。何があったか説明してくれるか？」

「見ての通りでございます。奥様が亡くなられてからというもの、旦那様はお部屋に引きこもって姿を見せず、お嬢様が呼びかけても反応がないのです」

「伯爵が……」

私が言葉を失くすと、メアは目を伏せた。

「奥様を深く愛していらっしゃいましたから、よほど心を痛めているようで……お嬢様も初めは気《き》丈《じょう》に振る舞っていらっしゃいましたが、日に日に元気を失くして、花の手入れを怠《おこた》るように……」

「なんだそれ、花もいい迷惑だな。あんたら使用人が手入れしてやったらよかったんじゃねえの？」

「やめろ、フィル」

悪態をつくフィルを窘めるが、べっと舌を出して悪びれもしない。

まったくこいつは……私は呆《あき》れてため息をつく。

「私どもはこの庭園に手を出してはならないのです。亡き奥様……今はお嬢様が引き継がれましたので、許可なく勝手に手入れすることは許されません」

「そうか。確かにこだわりが強ければ、他の者に触らせたくはないだろう」

「レイ、早く行こうぜ。辛気《しんき》くさくてかなわねえ」

「……口が悪い従者ですまないね」

メアは特に気にする素振りもなく、マグノリアの元へ案内する。

フィルの憎まれ口など気に留める余裕さえなさそうだった。


メアが足を止めたのは、伯爵夫人の私室の前だった。

彼女が扉の外からマグノリアの名を呼ぶと、消え入りそうな声の返事が聞こえる。

部屋へ入ると、窓辺に立つマグノリアの後ろ姿が見えた。

「……マグノリア嬢」

「ようこそ……いらっしゃいました。王太子殿下」

ゆっくりと振り向き、私に挨拶するマグノリアに笑顔はなかった。

目は虚ろで、覇気《はき》もなければ生気もない。もともと細身だったのに、さらに痩せてしまっている。

今の状況が相当応《こた》えているのは一目でわかった。

「申し訳、ありません。会いに来てくださると何度も言っていただいたのに、お返事できなくて……」

「いいんだ、マグノリア嬢。それよりもずいぶん辛そうだ。ちゃんと食事は摂《と》っているか？」

「……はい……」

マグノリアは嘘をつくのが下手なようだ。

言葉遣いが最後に会った時よりも丁寧になり、少し大人びたのかと思ったが……まだまだ子どもらしさが残る。

なんとなくそのことに安心した。

私はメアに尋ねる。

「マグノリア嬢はいつからまともに食事をしていない？」

「えっと……食が細くなったのはここ二、三か月ほどかと」

「それはよくないな。マグノリア嬢、行こう」

「え？　どこへ……」

私はマグノリアの手を取った。

「メア、厨房《ちゅうぼう》へ案内してくれないか」

「えっ？　は、はい……！」

慌てて先導するメアについていく。

「レイ、何する気だよ？　待てって！」

訳がわからんと言いたそうな顔をしたフィルを横目に、私たちは厨房へと向かった。


厨房の中へ入ると、メアが料理長にひそひそと耳打ちした。

料理長は焦った様子で私の前へ来て、深々と頭を下げる。

「申し訳ありません、殿下。まだ軽食の準備ができておらず……何かお困り事でもありましたか？」

「いや、仕事の邪魔をして悪いが、厨房を使わせてほしいんだ」

「へっ？　ええ、それは構いませんが……」

「ありがとう、少し休憩《きゅうけい》していてくれ」

私は料理長とその場にいた他のコックたちを下がらせた。

戸惑《とまど》っているマグノリアとメアには、椅子に座って待っていてもらう。

材料を揃えると、私がやりたいことを察したフィルが呆れた様子で踏み台を借りてきてくれた。

ありがたく台に上がり、調理を始める。

まずフライパンにオイルを引き、火をつけた。それを見てメアが慌てて飛んでくる。

「で、殿下……!?　何かお作りするなら、私がっ……」

「いいんだ。気にせず座っていてくれ」

メアは本当にいいのかと私の顔色を窺《うかが》いながら、おずおずと席に戻った。

卵を手に取り、手早く調理を進めていく。

時が巻き戻る前、私がまだ子どもであった頃、フィルと一緒に城を抜け出しては内緒で訪れていた、ちょっとした料理屋があった。

民たちが気軽に行ける、活気溢れた店。

そこの店主から雑談混じりに教わった、『どんなに食欲がなくても食べられる魔法の料理』を、マグノリアに食べてもらいたい。

人は心を弱らせると、食を疎《おろそ》かにしがちだ。それがさらに心を弱らせ、負のループに陥《おちい》る。

もちろん、マグノリアのように、食べたくても食べる元気すらないというのは重々承知している。

とはいえ、ほんのわずかでもいいから何か口にして、少しずつ……ゆっくりで構わないから心身を回復してほしい。このままでは悪くなる一方だ。

五分とかからずに、料理は出来上がった。

私は皿に盛りつけて、マグノリアの前に置く。

「オムレツ……？」

マグノリアは目を丸くして皿をじっと見つめた。隣に座るメアもまじまじと観察している。

「ああ。砂糖《さとう》を少し多めに入れたから、甘いぞ」

「でも、あんまり食べたくなくて……」

「一口でいいから食べてみてくれ。そのオムレツはとても柔らかいから、スプーンも用意した。口に合わなければ残すといい」

マグノリアは眉を下げながら、私が持ってきたスプーンを手に取る。

「！」

オムレツにスプーンを入れると、あまりの柔らかさに彼女は驚いたようだった。

小さく掬《すく》って、ゆっくりとした動きで口に運んでいく。

「どうだ？」

「……おいしい」

「そうか、よかった。フィルとメアはどうする？　作ろうか？」

「食べる。早くくれ」

即答《そくとう》するフィルに比べて、メアは煮《に》え切らない態度だ。

「いえ、私はそんな……殿下に作っていただくなど恐れ多──」

「じゃあメアはいらないのか？」

「……い……いただきます」

「ハハ、わかったよ」

再び調理台に戻って、オムレツを作る。
卵を割っていると、背後からすすり泣く声が聞こえてきた。
「お嬢様！　ご気分でも？」
振り返ると、慌てた様子のメアがマグノリアの背中を優しく撫でている。
「ううん、違うの、メア……このオムレツ、すごくあたたかくて……おいしいの」
マグノリアはホッとしたのか、以前のような明るい笑みを浮かべていた。
今まで追い詰められ、緊張で張り詰めていたのだろう。
その笑顔を見て安堵《あんど》する。
一度調理台を離れ、ポケットからハンカチを取り出してマグノリアに渡す。
彼女は恥ずかしそうに小声で礼を言い、ハンカチを受け取ってくれた。
顔を赤らめるマグノリアに背を向けて、私はオムレツ作りに励《はげ》んだのだった。

オムレツを食べ終えたマグノリアは、落ち着きを取り戻した。そして、少しずつこの数か月の間に何があったのか話し出した。
「最初は、お母様がいなくなってさみしくて、ずっと泣いていたの。お父様も、一緒になって……でもね、『ずっと泣いてばかりでは、お母様が心配でお空に行けませんよ』ってメアが言ったの」

メアがマグノリアの手をぎゅっと握りしめる。マグノリアはその手を握り返した。

「それを聞いて、お母様を困らせたらダメだって思ったの。だから『大丈夫だよ、安心して』って伝えるために、お花の管理を始めたの。お父様も、私を褒めてくれたんだよ」

「ん？　じゃあ、最初の頃は伯爵は部屋に閉じこもっていなかったのか？」

私が尋ねると、マグノリアは頷いた。

「うん。でもね、ある時から急にお父様の様子がおかしくなったの。話しかけてもボーッとしてばかりで、お返事しないの」

「……」

「それからすぐにお部屋に閉じこもるようになって、私がどれだけ呼んでも出てこなくなっちゃった……」

それでマグノリアは心が折れてしまったわけか……当初は気丈に振る舞っていた伯爵も、徐々に妻の死が応え、精神のバランスを崩してしまったのだろうか？

「メア、伯爵の様子がおかしくなったのはいつだ？」

「奥様が亡くなられてから、二か月ほど経った頃だと思います」

「その頃何か不審なことはなかったか？　いつもと変わったこととか……小さなことでもいい」

メアは記憶を必死に思い出すように、うーんと唸《うな》りながらこめかみに手を当てる。

「ええと……そうですね……あっ！　そういえば、旦那様宛に差出人不明の荷物が届いたことがありました」

「いつ？」

差出人不明の時点できな臭《くさ》すぎる。思わず食い気味にメアを問いただす。

「確か、三か月ほど前……旦那様の様子がおかしくなり始めてしばらくした頃です」

「それは気になるな。荷物というのはどんなものだった？」

「小包です。片手で簡単に持てるくらい軽いものでした。あまり眠れていないようでしたので、てっきり睡眠薬《すいみんやく》の類かと……」

「ふむ……」

メアの言う通り薬だったとしても、別の薬効があった可能性が高い。たとえば、妻を失った現実から目を逸らすために、禁止されている幻覚剤《げんかくざい》などを秘密裏に入手したとか……

ただ、今考えたところですべては憶測《おくそく》にすぎない。

メアによると、伯爵は部屋から出てこなくなってからというもの、使用人の接近をすべて禁じているのだという。食事は部屋の前に置くと空《から》になっているそうなので、おそらく食べてはいるのだろう。

どうにかして伯爵の部屋へ入り、その小包とやらを確認したいところだが……肝心《かんじん》の伯爵が部屋へ閉じこもっていてはどうしようもない。

「一度伯爵の元へ行ってみよう」

私が言うと、黙って聞いていたフィルが口を開く。

「行っても無駄だろうよ。それとも王族の特権でもチラつかせんのか？」

「……あまり事を荒立《あらだ》てたくないから、それは最終手段だ。まずは伯爵が『王太子の私』の呼びかけに反応するのかを試してみよう……一緒に行こうか、マグノリア嬢？」

「うん！　行く！　メアも一緒に行こう！」

「ええ、行きましょう。王太子殿下、ご案内いたします」

私たちは、二人に伯爵の私室まで案内してもらうことにした。

「こっち、こっちだよ！」

マグノリアは少し希望が湧《わ》いてきたのか、先頭に立って私たちを引率《いんそつ》する。

しかし扉の前に着くと希望が萎《しぼ》んだようで、立ち止まってしまった。不安そうにゆっくりと振り向き、私を見て唇《くちびる》をキュッと結ぶ。

私はマグノリアの頭を撫でてから、隣に立って声を上げた。

「キャリントン伯爵、レイ・ケイフォードです。お話があるのですが、扉を開けてもらえませんか」

数秒待つが、中から返事はない。

扉に耳を当ててみると、ブツブツと何か呟いているような不気味な声が聞こえてくる。

マグノリアが視線を床に落とした。

「殿下の呼びかけでもだめなんて……」

一縷《いちる》の望みを打ち砕かれ、マグノリアの目に涙が溜まる。

「お嬢様……」

メアはマグノリアの目線に合わせてしゃがみ、両手を取って包むように握りしめた。

その慰《なぐさ》めに、マグノリアの涙は決壊寸前《けっかいすんぜん》になる。ハンカチは先ほど渡してしまったから、予備がないぞ。

湿《しめ》っぽい空気に耐《た》えかねたのか、フィルが大きく舌打ちする。

「……チッ、めんどくせえな。おい、レイ。こじ開けるぞ」

「待て、どうするつもりだ？　子どもの力じゃ開けられないだろう」

「はっ、俺を誰だと思ってんだ？」

フィルは懐から針金《はりがね》を二本取り出すと、鍵穴《かぎあな》に差し込んでガチャガチャと弄《いじ》り出した。

従者の下品な行いに、私は眉を吊り上げる。

「フィル、お前……どこでその技術を身につけた？」

「ん？　……まあ、騎士団の中には下町育ちのやつもいたからな。ちょっとだけ教えてもらったんだよ」

私はため息をついた。

マグノリアはよくわかっていないようだ。目をぱちくりとさせてフィルの手元を覗き込もうとしている。

「……メア、マグノリア嬢の目を塞《ふさ》いでくれないか。それから、この部屋の扉はたまたま今日だけ開いていた。そうだな？」

「……は、はい……」

申し訳ないが共犯になってもらおう。

メアがマグノリアの後ろに回り、その目を両手で覆《おお》った。

マグノリアが幼くて本当によかった。

鍵を針金でこじ開けるだなんて、紛《まご》うことなき泥棒《どろぼう》の行動だ。

「……おしっ。開いたぜ、レイ」

得意気にニヤリとして、フィルが私の肩を叩く。

「……ご苦労だった」

私はじろりと睨みつけながら形だけ労《ねぎら》った。

フィルへの説教は後回しにして、抵抗がなくなったドアノブを回し、扉を開く。

するとむわっと鼻につくような悪臭《あくしゅう》がして、私は思わず咳《せ》き込んだ。

――なんだ、この臭《にお》いは⁉

「マグノリア嬢、メア。君たちはここで待っていてくれ」

「えっ、殿下！　私も――」

ついてこようとするマグノリアに言い聞かせる。

「伯爵の様子を見てくる。大丈夫そうなら呼ぶから……メア、マグノリア嬢を頼んだよ」

「は、はい！」

「フィル、行くぞ」

「嘘だろ。俺、吐きそうなんだけど」

「呑み込め」

「ふざけんな」

フィルと軽口を叩きながら部屋へ入る。そうでもしなければ気が滅入《めい》りそうだった。

室内はカーテンが閉め切られていて真《ま》っ暗《くら》だ。

暗闇《くらやみ》の中にぶつぶつと呟く男の声が響くので、さながら幽霊屋敷《ゆうれいやしき》に迷い込んだ気分だ。

とにかく悪臭がすごい。腕で鼻を覆っているが、ほとんど意味はない。

とりあえず窓を開けるべきだと思い、歩みを進めるが、歩くたびに何かに足を取られてしまう。

フィルはよほど気持ちが悪かったのか、器用に床の障害物を避けながら一目散に窓辺へ駆け出し、カーテンと窓を勢いよく開けた。

一気に差し込んだ光が、暗闇を消す。

部屋の中は予想通り……いや、それ以上に荒《すさ》んでいた。

さまざまなモノやゴミが床中に散乱《さんらん》し、足の踏み場もない。

「キャリントン伯爵……」

伯爵はボロボロだった。

髪の毛はぐしゃぐしゃで、髭は伸び放題。服は一体どうしたらそんなに汚れるのかというくらい汚く、まるで浮浪者《ふろうしゃ》のようだった。

「レイ、俺、本気で吐くかも」

「呑み込め……と言いたいところだが、私も人のこと言えないな。さっきから吐き気がするんだ」

「お前こそ王子だろ。そこは頑張れよ」

「無茶を言うな」

ろくに風呂に入っていないのだろう。悪臭は伯爵から漂ってくる。

伯爵はソファに腰かけ、背中を丸めてぶつぶつと何か呟いている。

その目の前のテーブルに、開かれた小包が無造作《むぞうさ》に置いてあった。

「フィル！　小包があるぞ」

「……置き場所、最悪すぎるだろ！　近寄りたくねえ！」

「いい、私が取りに行こう」

近づこうとする私を、フィルが制した。

「待てって！　俺はお前の護衛なんだ。それは俺の仕事だ」

「フィル……」

お前、ちゃんと護衛の自覚があったのか……という言葉は呑み込んだ。少し感心しつつ、任せることにする。

フィルは腕で鼻を覆い、伯爵に近づいていく。

「きついな……」

途中何度か床のゴミに足を取られて文句を言っていたが、なんとか辿り着いた。

あとは小包を取るだけだと、フィルがテーブルに手を伸ばした瞬間だった。

「うおっ⁉」

「フィル！」

それまで私たちの存在を気にも留めていなかった伯爵が、フィルの腕を勢いよく掴んだ。

その恐ろしい形相《ぎょうそう》といったら……今の見た目も相まって化け物にしか見えない。目をギョロリと剥《む》いて、鼻息荒く、獣《けもの》のような唸《うな》り声を漏らしている。少しでも刺激すれば噛みつかれてしまいそうだ。

ここにマグノリアがいたら、一生もののトラウマを植えつけてしまうところだった。

遠くにいた私でさえ少し怯《ひる》んでしまうくらい迫力があったが、怖いもの知らずのフィルには通用しなかったようだ。

「離せっての！」

もう片方の手を伯爵の腕に容赦《ようしゃ》なく叩き落とし、自分から引き離す。

その隙に小包を掠《かす》めとって距離を取ると、フィルは私の元へ軽い足取りで戻ってきた。

伯爵がこちらを向き、すさまじい顔つきで睨みつける。

「フィル……私は初めてお前を尊敬したよ」

「なんだと？　常に敬《うやま》っとけよ」

ほらよ、と乱暴に、フィルが私に小包を押しつけた。

目的は達成したので、ここは退散しよう。あの化け物が覚醒してしまう前に。

部屋を出る瞬間まで、私たちはおぞましい視線を浴びていたような気がした。

第三章　『悪女化の芽』を摘む

俺はフィル・クレイトン。

お袋がレイの乳母をしていた関係で、ガキの頃からあいつとは兄弟みたいに育ってきた。

成長するにつれて剣術に興味を抱いた俺は、レイの護衛騎士になることを目標に日々鍛錬《たんれん》に励んだ。

無事騎士団へ入団して実力を認められてからは、念願叶ってレイの護衛をやってる。

……ま、それは十年後の話。

逆行して八歳になっちまった今は、ただの従者だ。

時が巻き戻ったのなら、また騎士団の入団試験や鍛錬をやらなくちゃならねえってことだよな。

それは最悪だけど、あの女神とやらに騎士団長の潔白《けっぱく》を証明するためだ。女神がなんと言おうと、俺は最後まで団長を信じる。

——で、ここまで来たのはいいが。

一応俺はレイの護衛だから、そばを離れるわけにはいかない。だから、あいつが引き受けた「マグノリアの『悪女化の芽』を摘む」という作業に嫌でも関わる羽目になる。

まだ何もしていないマグノリアといえど、『悪女マグノリア』にはめられた友人、カイリのことを思うとどうしても許せねえ。割り切れねえんだ。

だからあの悪女とは関わりを持ちたくねえのに……悪臭に満ちた部屋に入らされるわ、小包を取ろうとしたらキャリントン伯爵に腕を掴まれるわで、今日は散々だ。

掴まれたところを嗅《か》いでみたら、まだちょっと臭ってげんなりする。

本音を言えば、早くマグノリアに悪女になってほしい。

あの女を消してしまえば、カイリだけでなく他の被害者たちも救われるんだから、すべてが丸く収まるはずだ。

レイの婚約者に毒を盛った云々《うんぬん》の話も、『悪女マグノリア』の悪事に恨みを持ったやつが、あいつをはめて復讐しようとしたんだと思う。

「はあ……早く帰りてえなあ」

伯爵を城の医師に診《み》せるため、レイは伯爵家の連中に指示を出し、忙《いそが》しく動き回っている。

「医師が来るまで休んでいろ」と言われたもんだから、こうして俺は伯爵邸《はくしゃくてい》をぶらついているが……さすがに暇すぎる。

庭に出てきたはいいが、枯れた花が並んでいるばかりで余計に気分が下がるだけだ。

「……げっ」

おまけに絶対に会いたくなかった女――マグノリアがいやがる。

庭園の垣根《かきね》で姿が隠れていて、気付くのが遅れた。

さっさと退散しようとしたが、時すでに遅く、見つかってしまった。

バッチリと目が合う。

腐《くさ》っても相手は伯爵令嬢。俺は護衛騎士……いや、今はただの従者だ。

身分の差から無視するわけにもいかず、仕方なく近寄って頭を下げた。

屈辱で奥歯を強く噛みしめる。

「失礼しました。マグノリア様がお見えになるとは思わず」

「いえ……」

マグノリアの表情は硬く、強《こわ》ばっている。

レイといる時にあれだけ口悪く、また態度を悪くしていたせいか……どうやら俺のことが怖いようだ。

――都合がいい。間違っても懐《なつ》いてなどほしくない。

挨拶はしたし、もういいだろうと思って姿勢を正すと、マグノリアが勇気を振り絞《しぼ》るような面持《おもも》ちで声をかけてきた。

「あの……」

「はい？」

「お父様のこと……ありがとう」

礼を言って、俺にお辞儀をする。

『悪女マグノリア』なら、天地がひっくり返っても絶対にしないであろう行動だ。

「いや、別に大したことはしてませんから」

正直かなり引いた。が、感情を顔に出さないよう努《つと》め、心にもないセリフを吐く。

「ううん。あなたのおかげで、お父様の姿が見られたから」

「……」

俺はレイのために動いただけだ。それが結果的にマグノリアの助けになっちまっただけで、感謝などされても困る。

返答に窮《きゅう》して、沈黙を作ってしまう。

「あ……それだけ、です。ごめんなさい、話しかけて。怒ってるよね」

マグノリアが頭を上げ、こちらの顔色を窺ってきた。

「え、いや。怒っていませんが……」

「もう話しかけないから……あなたが私のことを嫌いなのはわかってるもの」

「は？」

図星を指されたので、思わず素《す》で返事をしてしまった。

悪態はついたが、そんなにわかりやすく嫌っていることを態度に出した覚えはない。確かに、なるべくマグノリアと接しなくて済むように、口数を減らしたり、距離を取ったりはしたが。

それだけで子どもに気付かれるものかと疑問に思いつつ、泣かれたら面倒なので否定しておく。

「誤解です。マグノリア様を嫌ってなどいませんよ」

「……そういうの、わかるよ……わかるの」

上辺だけの否定を見透かされて、俺は何も言えなくなる。

正直に言えば、六歳のガキだと舐《な》めていた。適当に取《と》り繕《つくろ》っておけば、簡単に騙《だま》されるだろうと。

しかし予想に反してマグノリアは俺の本心をしっかり読み取っている。

俺が彼女を嫌悪していることを、ちゃんと理解している……目の前の、この六歳は。

これ以上嘘を重ねてもごまかせる気がせず、俺は視線を泳がせた。ダセえと、自分で自分を嘲笑う。

マグノリアは両手の拳を握りしめ、必死に自身を奮《ふる》い立たせているように見えた。

「気にしないで。きっと私の態度がダメだったんだよね。嫌な気持ちにさせてごめんなさい」

「……！」

マグノリアの言葉は、ますます俺を打ちのめした。

六歳相手に敵意を勘《かん》づかれて気遣われる始末。一体どちらがガキかわからなくなる。

マグノリアのことは嫌いだし許せねえ。でもそれは時が巻き戻る前の話で、今のこいつはまだ何もしてないのは確かだ。

ただ、いつまた同じことを繰り返すか油断できねえし、カイリの一件を思い出すと苛立《いらだ》ちが抑えられそうにない。

それでも、今の何も知らないマグノリアにとってはこんなのただの八《や》つ当たりだ。それは紛うことなき事実だ。

六歳にあたり散らす十八歳なんて、情けねえにも程がある。

これ以上醜態《しゅうたい》を晒さないうちに、俺は自分の非を認めた。

「……悪かったよ」

「え？」

「確かに、俺はあんたのことが嫌いだ。でも、それは昔の話で今のあんたは別に……嫌いじゃねえ……今のとこな。今のとこだからな！」

マグノリアは目を丸くしてぱちぱちとまばたきを繰り返す。

その視線に居心地の悪さを感じていると、やがてマグノリアが緊張が解けたかのように柔らかく微笑んだ。

「そっか。じゃあ、嫌われないように頑張るね」

「う……」

あの『悪女マグノリア』とは思えない純度一〇〇パーセントの笑顔を向けられて、調子が狂《くる》う。

やりづれえ。マグノリアが悪女に染まり次第、俺は始末するつもりでいるというのに。いっそ嫌われるように頑張ってくれよ。

とにかく身の置き所がない。俺は早くこの場から去りたくて仕方がなかった。

「フィル、ここにいたのか」

ちょうどその時、伯爵の件が落ち着いたのか、レイが現れた。

強めの口調で責める。

「遅《おせ》えよ、レイ！」

「なぜそんなに怒っているんだ……」

お前がいないせいで厄介《やっかい》なことになっちまったじゃねえか。具体的な文句は呑み込んだが、苛立ちだけはぶつけておいた。

「で？　伯爵サマは？」

「ああ、先ほど医師が到着して診てもらっている。マグノリア嬢、もう安心してくれ」

「ほんと？　お父様、治る？」

「少し時間はかかるだろうが、きっとよくなるはずだ」

「そっか……よかった……よかったあ」

マグノリアはその報告を聞いて安心したようで、瞳に涙を浮かべた。

そのままへにゃへにゃと地面に座り込んでしまったので、レイが慌てて手を差し伸べる。

「へへ、ごめん。なんだか力が抜けちゃって……」

マグノリアがレイの手を取った瞬間――なんの予兆もなく、俺の視界が暗くなった。

レイだけを残して周囲が暗闇に閉ざされ、見えなくなってしまったのだ。

そしてパキン！　と何かが割れた音がした。

耳を劈《つんざ》くかのような轟音《ごうおん》に、俺は顔をしかめる。

レイもその音を感じたようで、苦い顔をしていた。

その音が消えたと同時に、視界も元に戻る。

「今の、なんの音だ？　どこで鳴ったんだ⁉」

「わからないが……耳が痛いな」

爆音《ばくおん》の出所を探してあたりを見回すが、見当たらない。

「え？　え？　何？　どうしたの、二人とも？」

マグノリアが何事かと俺たちの顔を交互に覗く。

「マグノリア嬢、君も聞こえただろう？　何かが折れるような大きな音が」

「え？　何も……聞こえなかったよ？」

「……なんだって？」

マグノリアの答えを聞き、レイが訝しげな表情を浮かべた。

間違いなく俺も聞こえたぞ。あんなに大きな音を聞き逃すなんて、普通ありえるか？

俺もマグノリアに確認する。

「鳴っただろ、耳痛くなるぐらいでかい音が」

「ううん、聞こえなかったよ」

「いやいや、嘘だろ」

「嘘じゃないよ！」

何も聞こえなかったと言い張るマグノリアに、俺はレイと顔を見合わせた。

じゃあ俺たちにしか聞こえなかったっていうのか？　耳がビリビリするほどの大きな音が？

「フィル、ちょっといいか」

「ん？　なんだよ」

耳を貸せと手招きするので、それに従う。

「女神が『悪女化の芽を摘んでほしい』と言っていたのを覚えているか？」

「ああ……覚えてるけど」

「推測でしかないが、もしかして今の音はその芽を摘むことができたという合図みたいなものじゃないか？」

「あの音が？」

「それなら私たちにしか聞こえなかった説明がつくだろう？　それに一瞬だったが、私は自分とお前の姿以外見えなくなったんだ。周囲が真っ暗になってしまってな」

「まあ、それは俺もそうだったけどよ……」

とりあえず言いたいことは終わったのか、レイが俺から離れた。

不思議そうな顔をしたマグノリアを適当にごまかしている。

確かに俺たちしか聞こえなかったって言うなら、説明がつく気はする。女神によって逆行させられた特殊《とくしゅ》な二人だしな。

ただ、あんなに馬鹿でかい音にする必要あるか？

『悪女化の芽』を摘むたびにあんなのを聞かされていたら、たまったもんじゃない。

「フィル、今日はもう帰るぞ」

「はいよ」

確かめようもないことをごちゃごちゃ考えたって時間の無駄だ。

今日は災難《さいなん》続きだったし、早く帰って寝たい。

レイの後をついていこうとしたら、マグノリアから声をかけられた。

「殿下……フィル、様。また来てくださいね」

……今日は本当に災難な日だ。

俺は返事はせずマグノリアに背を向けて、軽く片手だけ挙げた。

❖　◇　❖

【マグノリアの手記】

ゆめを、見たの。

おとうさまが、おさけばかりのんで、私のお話をぜんぜんきいてくれないの。

それが、なん年も、なん年もつづいて、ついに私はおとうさまとお話しすることをあきらめた。

とても、かなしいゆめ。それがげんじつにならなくて、よかったなって、おもったよ。

❖　◇　❖

マグノリアを訪ねてから一週間が経った。

キャリントン伯爵の部屋から持ち出した例の小包には、薬が入っていた。

もしこれが違法薬物《いほうやくぶつ》だった場合、伯爵家のスキャンダルになりかねない。私はサイラスに頼み、秘密裏にその薬を調べさせた。

調査の結果、薬は一般的に流通している睡眠薬であることが判明した。

ただし市販《しはん》のそれとは異なり、見たことのない成分が含まれていたという。伯爵が人が変わったようになってしまったのは、その成分が原因では……というのがサイラスの見解だ。

現在、伯爵には医師の監督下《かんとくか》で静養《せいよう》してもらっている。薬の効果がなかなか抜けないようで、医師からは「意思疎通《いしそつう》を図るのは当分難しい」と報告があった。

伯爵自らその薬を取り寄せたのか、それとも第三者による企《たくら》みか。

真実を知ることができるのは、まだまだ先になりそうだ。

私は自室にフィルを呼び出し、今の状況を説明する。

彼は『悪女マグノリア』の父親のことなど興味がないのか、簡単な相槌《あいづち》を打つだけだ。

一通り説明が終わったところで、私は眉を寄せた。

「さて、『悪女化の芽』を摘むことができたと仮定したいところだが、それが全部でいくつあるのか、いつ芽が出るのか、そういう目安がないのは困るな」

「あの女神、ろくに説明しやがらなかったからな」

フィルが不満そうに言い、テーブルの上からペンを取った。

「キャリントン伯爵家の近辺には監視を置いているが、今回のように内部で変化が起こると様子を探るのが難しい。届く荷物をこちらで検《あらた》めるわけにもいかないし……もどかしいな」

「伯爵家に密偵《みってい》とか仕込んでみたらどうだ？」

ペンをくるくると回して遊ばせるフィルに向かって、首を横に振る。

「残念だが、信用できる者がいないんだ。まだ誰が黒幕かわからないからな。無闇《むやみ》にマグノリア嬢に近づけて、事態を悪化させたくない」

「じゃあ外部で雇ったやつ……はもっとダメか。金で寝返りそうだしな。ならどうすんだよ？」

「まあ……引き続きマグノリア嬢と交流を続けよう。信頼を勝ち取り、不審な出来事が起こった時に相談される間柄《あいだがら》を目指したいな」

「そんな打算的なやつに心を開くかねえ」

耳が痛いことを言うフィルに、私は口を噤んだ。

打算的と言われようが、目的のための手段なのだから仕方がない。

なんなら、私ではなくフィルがマグノリアの心の拠《よ》り所《どころ》となってもいいのだ。もっとも彼の心境を思えば、土台無理な話かもしれない。

しかし、こいつがマグノリアを嫌っているのには変わりなさそうだが、ほんの少し刺々《とげとげ》しさが減った気がする。

少し鎌《かま》をかけてみよう。

「フィル、この前マグノリア嬢と庭園で話していただろう。もしかして仲良くなったんじゃないのか？」

「冗談よせよ。天地がひっくり返ってもそれはねえ」

「そうか？　じゃあ何を話していたんだ」

「べっ……別に大したことじゃねえよ……」

順調に回していたペンが床に落ち、カシャンッと音を立てる。急に言葉を濁したのを見るに、どうやら大したことだったようだ。

わかりやすい動揺をフッと笑ったら、怒られてしまった。

これ以上探ると拗《す》ねそうだ。今度マグノリアに聞いてみた方が早いだろう。

私は大人しく追及をやめる。

「……それより、レイはいいのか？」

フィルが話題を変えてきた。

「ん？」

「あのおん……マグノリアのところに通い詰めてるだろ。『王太子サマがキャリントン伯爵令嬢に惚《ほ》れ込んだ』って噂になってるぜ」

「ああ。その噂についてなら、父上からも聞かれたな。面倒だから『そうだ』と答えておいたが」

「本気か？　このままじゃレイの婚約者、ロッティじゃなくてマグノリアになっちまうぞ」

「まあ、それでも別に……ロッティ嬢とも、もともと政略結婚の予定だったわけだしな。家柄やその他の事情を鑑《かんが》みるとバーネット侯爵家のご令嬢が嫁《とつ》いでくれた方が都合はいいが、キャリントン伯爵家だって名家だ。そこまで問題はないだろう」

私の結婚相手など、王太子妃にふさわしい身分と品格さえ持ち合わせていたら、マグノリアでもロッティでも他の誰でも構わないのだから。

……と自分の考えを話したのだが、フィルには不評だった。

「……巻き戻り前から思ってたけどさ、お前って、結構ドライなとこあるよな」

ドライと言われて呆気にとられる。

自分では特にそう思ったことなどないが……

「私が？　……あまり自覚はないのだが、どうしてそう思ったんだ？」

「なんと言うか、情《じょう》がねえよな。自分の妻になる女のことを、個人としてじゃなくて肩書きだけで見てる感じ。顔とか性格とか相性とか、そういうもん全部見てねえだろ」

「そういったことにこだわるのは、自由恋愛の場合だろう。私は王太子なのだから、肩書きを重視するのは当然だ」

そもそも我が国においては、貴族でさえ政略結婚が多いのだ。王族なんて推《お》して知るべしだろう。

「そうかもしんねえけど……なら、レイはロッティのことまったく好きじゃなかったのか？」

「婚約者としては素晴らしい女性だと思っていたよ。好きだとか嫌いだとかは、考えたこともなかったな」

互いに対する愛も情も一切ない両親を見て育ってきたので、私も同じ道を進むのだと理解している。だから恋愛など、考えるだけ無駄でしかない。

「……ふーん。そんなもんかねえ」

フィルは呆れたのか、それとも腑に落ちないのか、微妙な反応で話を締めくくった。

こいつからすると、私の考え方は変わっているらしい。

ちょうど話の区切りを迎えたところに、タイミングよく訪問者――サイラスがやってきた。

「失礼いたします、殿下。マグノリア様の件で一つご報告がありまして」

「なんだ？」

マグノリアの周りで何か変化が起きれば、監視している部下からサイラス経由で情報が入ってくるようになっていた。

今までは些末《さまつ》なことばかり聞かされていたが、今回は何かあったのだろうか。

「さほど大したことではないのですが……マグノリア様に新しくバイオリン教師がついたようです」

バイオリン教師か。淑女《しゅくじょ》の嗜《たしな》みとして習うのは別におかしくない。

「その教師の身元は？」

「調べましたが、特に不審な点は見当たりませんでした。ですから、気にすることはないかと」

「……」

教師の身元もしっかりしていると言うのだから、確かに気にする話ではなさそうだが……

「レイ、気になんのか？」

「そうだな。心配しすぎかもしれないが」

フィルの問いかけに、私は小声で返した。

「じゃあ、マグノリアのとこに行ってみるか？」

「いや、まだやめておこう。その教師は入ったばかりのようだし、少し様子を見たい……サイラス。報告、ご苦労だった」

「いえ。それでは失礼いたします」

サイラスはきれいなお辞儀をして、すぐに退出した。

マグノリアに関することは、慎重《しんちょう》すぎるぐらいでいいかもしれない。少しでも変化を見逃し、『悪女化の芽』を摘むことができなければ、そこで終わりだ。

女神がまた時を巻き戻してくれるという保証はないし、一度の失敗で私たちの努力は水泡《すいほう》に帰《き》すと考えた方がよさそうだ。

ティーカップを手に取り、口につける。

フィルと少し話しすぎたようだ。紅茶は熱を忘れていて、私の喉を冷たく通りすぎていった。

❖　◇　❖

サイラスの報告を聞いてから、マグノリアには日を置いて何度か会いに行った。

彼女は最初こそ元気だったものの、日が経つにつれてだんだんと口数が少なくなっていった。

こちらが近況を尋ねても、首を横に振って「なんにもないよ？」と濁すばかりだ。

メアも気にしているようだが、明瞭な答えは得られないと聞いている。

そのままズルズルと二か月が経ち、マグノリアが七歳の誕生日を迎える月になった。

一年中温暖《おんだん》な気候のこの国にいると、たまに時間の感覚が狂ってしまう。

その日、私はフィルと共にいつものようにキャリントン伯爵家を訪れた。

荒んでいた庭園は少しずつ彩りを取り戻している。

私は庭園の様子を一通り見て回った後、マグノリア、フィルと共に『リトル・ティーガーデン』にてティータイムを楽しんでいた。

「マグノリア。伯爵は静養中だろう？　メアと相談して、私たちが代わりに君の誕生日会を開こうと思っているんだが、プレゼントは何がいい？」

「えっ、本当!?　嬉しい――けど……」

「ん？」

「……気持ちだけで十分！　ありがとう」

一瞬喜んだのに、すぐ断られてしまった。

最近のマグノリアの様子がおかしいのは誰が見ても明らかだ。ここ最近はあえて何があったか尋ねず、相談されるのをずっと待っていた。

しかし、私への話し方がフランクになり、「マグノリア」と名前で呼ぶことが許された今でも、彼女は話そうとしない。

どうやら、まだ悩みを打ち明けられるほどの信頼を掴み取れていないらしい。残念に思うが、さすがにこれ以上放置できない。

「マグノリア。本当は君から頼ってほしくて聞くのを我慢していたが、もう限界だ……何か悩んでいることがあるな？」

菓子を食べていたマグノリアの肩がびくりと震える。無理して作っていた笑顔が固まり、口元が引きつった。

食べかけの菓子を皿に置いた彼女は、うろうろと何度も視線をさまよわせ、俯きがちになる。

膝の上で、両手をギュッと強く握りしめるのが見えた。

「う……ううん！　悩みなんてないよ！　殿下の気のせいじゃないかなあ」

「……マグノリア」

「最近、お花の管理ばかりしてるからかな？　少し疲れちゃったのかも」

「……」

「この庭園、すごくきれいになったでしょう？　とっても頑張って――」

「おい」

どう切り込もうか考えていると、突然フィルがマグノリアの言葉を遮《さえぎ》った。

少し苛立っているのか、眉間に深く皺《しわ》を刻みながら無造作に紅茶のカップを置く。カシャンッと高く響いた音が、マグノリアをさらに縮み上がらせた。

フィルからマグノリアに話しかけること自体珍しいのに、一体何を言うつもりだ？

「お前、もうバレバレなんだよ。ごまかしなんか今さら効かねえから、さっさと吐けよ」

「フィル、言い方ってものが――」

「うるせえよ、レイ。こいつがお前に心配かけさせてる時点で、俺にももう迷惑がかかってんだよ。だったら、これ以上厄介事が増えたって変わんねえだろうが。おら、吐け」

「マグノリアに強要するな。すまない、マグノリア。だが私たちに迷惑をかけるとか、そういうことを気にしているならやめてほしい。君が知らないところで苦しむのは本意ではない」

私とフィルの説得に対し、マグノリアは唇を固く結ぶ。涙を堪えているのか、先ほどから握りしめている拳《こぶし》がふるふると震えていた。

私は立ち上がって、マグノリアの肩に手でそっと触れてみる。

彼女はもっと顔を俯かせてしまった。やがてポツリとこぼす。

「……私が、悪いの。上手に演奏できないから」

「演奏？　……もしかして、習い始めたというバイオリンのことか？」

「うん……先生にそれでよく怒られちゃって。へこんでただけなの……」

「なら辞めりゃいいんじゃねえの？　それか優しい先生に代えてもらえよ」

私はバッサリと切り捨てたフィルを窘める。

「フィル……マグノリア、先生にはどうやって叱られているんだ？」

「え？　えっと……たくさん怒鳴られる、感じ」

「たとえば、どんなことを言われる？」

「……無能とか。生きている価値がないとか。イロメ？　を使うことしか才能がないとか。あとは私がダメな子だから、お母様は死んだとか――」

「もういい、マグノリア。それ以上思い出さなくていい」

私が止めると、マグノリアは言葉を呑んで口を閉じた。

目には涙が溜まり、それを溢れさせないよう必死に堪えている。

教師の言葉は指導の域《いき》を超えている。マグノリアを傷つけんとする悪意しか感じない。

バイオリンを教えることなど建前で、彼女を追い詰めるのが本当の目的なのでは？

とはいえ、身元に不審な点はないようだし……はずれの教師に当たってしまった可能性も考えられる。

そいつが幼い子どもをいじめる趣味を持つ変態だったのか、それとも第三者がマグノリアを傷つけるために送り込んだ刺客《しかく》なのか。

あとで本人を捕らえ、じっくりと尋問《じんもん》しよう。今はマグノリアのケアが優先だ。

「話してくれてありがとう。つらいことを思い出させてしまって悪かった」

マグノリアは首を大きく横に振って、大丈夫だと伝えてきた。

こんなに幼い子に対して意図的に深い心の傷を負わせた教師に対し、静かな怒りが湧いてくる。

「叱られるのはマグノリアのせいではないよ。明らかに、その教師がおかしいんだ。君を傷つけたいがためにそんなひどい言葉をぶつけたんだ」

「どうして？　……先生は私のことが嫌いなの？」

「世の中にはいろんな人間がいるんだよ。君の傷つく顔が見たくてわざとひどいことを言うようなやつだっているんだ……君にはまだ難しいかもしれないが」

「うん……？　なんでそんなことするの？」

幼いマグノリアには当然わかるはずもなく、不思議そうに首を傾げる。

「そうだな……私にも理解できない。確かなのは、マグノリアに非はないということだ。その先生には私からじっくり話をするよ。もう君を傷つけるような真似は絶対にさせない」

物理的にな、という言葉は呑み込んで、私は笑ってみせた。

マグノリアは何度かまばたきをすると、こちらの笑顔につられたように少しだけ微笑んだ。

「……ありがとう。殿下、フィル様」

「ん？　なんで俺も？」

「だって……フィル様も心配してくれたでしょ？」

「――は、はぁ!?　してねえよ！　断じてしてねえ！　勘違いだ、気のせいだ！」

「フィル、言い方」

私の注意で、「強く言いすぎた」とハッとしたようだが遅かった。

マグノリアが再び悲しげな表情をするので、フィルは慌てて否定する。

「バッ……違《ちげ》えよ！　これは、その……なんだ、心配してねえことはねえよ。そりゃちょっとは心配した？　というか――」

「フッ」

フィルのあまりの慌てように、私は思わず噴《ふ》き出した。

「心配した」と素直に言えばいいのに……無理に否定しようとするから墓穴を掘るんだ。

「な、何笑ってやがる！　レイ、お前なあ！」

フィルが怒っているが、私の笑いは止まりそうにない。

そんな他愛ない掛け合いをしていると、マグノリアに笑顔が戻った。

――その瞬間、視界がブラックアウトする。

そして、パキンッ！　と耳元で何かが割れる音が大きく響いた。

「！」

音が消え、視界が元に戻る。

私とフィルはピタリと会話をやめ、互いに目配せした。

「どうしたの？　何かあった？」

急に私たちが黙ったものだから、マグノリアはきょろきょろしながら、様子を窺ってきた。

「いや、マグノリアに元気が戻ってよかったと思ったんだ。私も、フィルもな」

「……チッ」

舌打ちをしつつ、フィルも頷く。

少々無理があるごまかし方かと思ったが、大丈夫だったようだ。

マグノリアは少し恥ずかしそうに笑いながら、「ありがとう！」と元気な声を響かせた。

❖　◇　❖

【マグノリアの手記】

また夢を見たの。

バイオリンの先生が、私にいじわるする夢。

先生はあんまりくわしく教えてくれないの。楽譜を私に渡して、「自分で練習しろ」って言うだけ。

私はまだあんまり楽譜を読めないから、えんそうも上手くできない。だから、先生はいつも私が下手だと怒った。

先生が来るたびに怒られて、私は「えんそうだけじゃなくて人としても出来がわるい」、「生きてるかちがない」、「お前を生んだ奥様に同情する」ってたくさん悪口を言われて、すごく悲しかった。

げんじつの私はただがまんするだけだったけど、夢の中の私は先生にやりかえした。

夢の中の私がこっそり教えたのが、トウシサギ？　っていうものだったみたいで、先生は借金がいっぱいになっちゃった。

先生のことあんまり好きじゃないけど、食べ物も買えなくなったのはちょっとかわいそうだと思う。

夢の中の私は先生をクビにして、お仕事もうばった。

そしたら「お金がないからバイオリンの先生を続けさせてほしい」って、すごく必死にたのんできたの。

その顔を夢の中の私はふみつけた。

そして「私のくつをなめて、一生のふくじゅうをちかえ」と言ったの。

そしたら先生が本当になめたから、びっくりしちゃった。

ちょっとこわい夢だった。

私の代わりに、夢の中の私が先生に怒ってくれたのかな？

❖　◇　❖

お茶会を終えてからの数日間は、バイオリン教師の件を解決するために奔走《ほんそう》した。

可能であれば教師の身柄を押さえ、事情を問い詰めたかったのだが……こちらの動きを察したのか、姿を隠されてしまった。

とはいえ、『悪女化の芽』をまた一つ摘んだのだ。上手く進んでいると思いたい。


しばらくすると、マグノリアの七歳の誕生日がやってきた。

私はフィル、そして執事のサイラスと共にキャリントン伯爵家を訪ねる。

バイオリン教師がいなくなったことで、マグノリアは元気を取り戻した。心なしか、伯爵家の屋敷にも活気が戻ったようだ。

初めて訪れた時ほどとはいかないものの、庭園には美しい花々が咲《さ》き誇《ほこ》り、馨しい香りを舞わせている。

使用人も皆明るい表情で、元気いっぱいに出迎えてくれた。

さっそく私たちは屋敷のホールに通される。

そこは壁一面がリボンや小物で彩られ、テーブルの周りには花がずらりと並べられていた。

もちろん、会場には豪勢《ごうせい》な料理が続々と運ばれてくる。フィルが舌なめずりをした。

ホールの中央には大きな椅子が一つあった。繊細な模様が入った白いレースで覆われていて、いかにも豪華だ。背もたれのフレームに添えられた大輪のバラが目を引く。

もちろん、この椅子は今日の主役の席だろう。

「私が資金を出すから」と言って、サイラスに誕生日会の手配を頼んだのだが……予想以上の出来栄えだ。よほど力を入れてくれたらしい。

私が斜《なな》め後ろに視線を送ると、サイラスは満足げに鼻を鳴らしていた。こっそり笑ってしまう。

「なあ、レイ。もう食っていいか？」

「ダメだ。主役が来てからだ」

フィルは待ちきれないのか、目の前の料理に熱い視線を送っては何度も口元を拭っている。その姿はさながら「待て」をされているイヌのようだ。

やがてホールの奥の扉が開き、可愛らしい淡《あわ》いピンク色のドレスを着たマグノリアが現れた。

彼女は私たちを見つけると、小走りで駆けてくる。

「殿下、フィル様！　今日は来てくれてありがとう！」

「やあ、マグノリア。誕生日おめでとう。今日は一段と可愛らしいな」

「……よう」

裾にたくさんのフリルがあしらわれ、胸元に斜めにリボンが飾られたドレスは、マグノリアにとても似合っていた。

どうやら首からアクセサリーをかけているようだが、ペンダントトップがドレスの下に隠れてしまっている。

「マグノリア、ペンダントが見えなくなってしまっているようだ」

「あれ？　ふふ、これお母様からもらったものなの。やっぱり大きすぎるかな？」

顔を赤らめたマグノリアが、ペンダントを引っ張り出す。

チェーンに下がっていた飾りを見て、私は目を見張った。

「それは……」

「え？」

それはバラの花の形をしたペンダントトップだった。

間違いない。私はこれを見たことがある。

なぜなら、婚約披露パーティーで女神が現れる直前、マグノリアが「殺してください」と願って、口づけたもので……いや、あの時とは宝石が違う……？

「素敵でしょ？　ムーンストーンって言うの」

マグノリアが嬉しそうにペンダントトップを見せてくれる。

私が見たペンダントは真っ赤なルビーのようだったと記憶している。今のマグノリアが身に着けているのは白いムーンストーン。宝石の種類が異なる以上、似ているだけで別物か……？

マグノリアの発言から察するに、これはキャリントン伯爵夫人の遺品《いひん》であるらしい。

私たちが巻き戻ったことで、遺品に変化が生じた？　そんなことがありえるのか？

「なんだ？　変な形だな」

まじまじとペンダントを見つめていると、フィルが背後から覗いてきた。

マグノリアが胸を張る。

「変わった形でしょ？　有名なデザイナーさんが作ったんだって。『芽《め》を摘《つ》むバラの花《はな》』って作品名まで付いてるんだよ」

「ん？　……今なんて言った？」

「え、『芽を摘むバラの花』……？」

「「！」」

『芽を摘むバラの花』だと……？

女神は「マグノリアの『悪女化の芽』を摘んでほしい」と、わざわざ婉曲的《えんきょくてき》な表現を使っていた。

偶然と言われたらそれまでだが、マグノリアのペンダントに女神の助言を彷彿《ほうふつ》とさせるような作品名がついているのは気になる。

『悪女マグノリア』が着けていたものと微妙にデザインが違うのは、意味があるのだろうか。

フィルも思うところがあったようで、何か言いたげな視線を送ってくる。

私は小声で尋ねた。

「フィル……このペンダント、どう思う？」

「単なる偶然じゃねえだろ」

「お前もそう思うか……私も同感だ」

「ねえ！　どうしたの？　何かあったの？」

こそこそと話していたら、マグノリアに不審に思われてしまった。

「ああ、すまない。昔似たようなペンダントを見たことがあってな、驚いただけなんだ」

「ふうん、そうなの？」

私は適当にごまかし、話題をすり替える。

「そんなことよりパーティーを始めよう。ケーキも用意したんだ」

「ほんと!?　いっぱい食べてもいい？」

「もちろん。君一人で食べたって――」

私がそう言いかけた時だった。

マグノリアのペンダントがパアッと光り、バラの花から茎《くき》が伸びた。そして先ほどまでなかった葉が一枚出現する。

これは、まさか……！

「殿下、さっきから様子が変だよ？　大丈夫？」

「いや……今、何か光らなかったか？」

「？　ううん、別に……」

怪訝そうなマグノリアは、自らのペンダントの変化に気付く様子がない。

フィルが周りを確認し、私にこそっと耳打ちする。

「レイ、多分、光って見えたのは俺らだけだ。もしかしたら、ペンダントの変化に気付いてるのも……」

私とフィルにしかわからないということは――やはり。

「……『悪女化の芽』が出たんだな」

おそらく、マグノリアのペンダントは『悪女化の芽』の出現を示す表示盤《ひょうじばん》だ。

私がマグノリアと交わした会話の中に『悪女化の芽』があったと考えていいだろう。

しかし、今の話のどこに問題が？

私は自分の発言を思い返す。

確か、「ケーキを君一人で食べたっていい」と言いかけた時に、ペンダントが光った気がする。

ケーキに何か仕込まれるのか？

あるいはそれを提供するタイミングでトラブルが生じるのか？

これまでの出来事を考えてみても、きっとマグノリアを深く傷つけることが起ころうとしているんだ。

その要因になりえるものを探さなければならない。それも、なるべく早く。

あまり時間をかけては、マグノリアに怪しまれる。

彼女に少しでも不信感を抱かれたくない。今後の交流に支障が出る要素はわずかでも持ちたくないのだ。

「マグノリア、ケーキの準備をしてくるから、席に着いて待っていてくれるか？　フィル、運ぶのを手伝ってくれ」

「……了解」

「殿下、ケーキは私が持ってまいりますのでお待ちください」

サイラスが申し出てくれたが、私は目を細めて優しく拒否した。

「サイラス、彼女のために自分で運びたいんだ。気持ちを汲《く》んではくれないか」

「……!!　し、失礼いたしました」

サイラスはサッと勢いよく後ろに下がった。

普段は王城で腕を振るうシェフが、今日はこの屋敷の厨房を借りて料理をしているはずだ。

「フィル、行こう。マグノリア、少し待っていてくれ」

「うん！　楽しみにしてるね！」

私はフィルとサイラスを引き連れて、厨房へ向かうことにした。

ホールから出て、廊下を進む。

すると、ガラガラガラ……と台車を動かす重い音が聞こえてきた。どうやら何か運んでいるらしい。

すれ違う際、ちらりと視線を送ってみると台車に載っているのはケーキだった。

真《ま》っ白《しろ》に塗りたくられたクリームの上に、不揃《ふぞろ》いないちごがいくつか並んでいる。

「君、待ってくれ」

私は台車を押すメイドを呼び止めた。

「はっ、はい!?　なんでしょう」

「これは私がマグノリアの元へ運ぼう。代わってくれるか」

「え？　で、ですが――」

「殿下がおっしゃっている。あなたは下がりなさい」

サイラスに手で制されると、メイドはひどく動揺した様子で頭を下げた。そして慌てて去っていく。

なんとも不審な態度だ。私はサイラスに命を下す。

「あのメイドを追ってくれ」

「は……っ？」

「いいから頼む」

サイラスは私の頼みに虚《きょ》を衝《つ》かれたようだが、すぐに冷静さを取り戻してメイドの後を追っていった。

私は台車に載ったケーキに顔を近づけて、入念に観察する。そしてカットのために用意されていたナイフを手に取った。

「お、おい……!?　レイ!?」

フィルが止めようとするが、構わずナイフを振り落とす。

ぐしゃりとした手応《てごた》えと共に、無惨《むざん》にケーキが崩れた。

フィルは顔を引きつらせて、うわぁ……と小さくこぼした。

私は躊躇《ためら》わずケーキをさらに崩していく。すると、ある部分で妙な感触を覚えた。

ナイフを駆使《くし》し、クリームといちごをよけてみる。

「これは……」

「なんだよこれ!?」

ケーキのスポンジに、裁縫用の小さな針が大量に交じっていた。

掬う際、フォークに針が引っかかればいいが……もし気付かず食べてしまったら、軽い怪我では済まないだろう。

このケーキがマグノリアの元へ運ばれることがなくてよかった。

そう安堵した途端――私の視界がブラックアウトする。

そしてパキン！　と爆音が鳴った。

……三回目だが、相変わらず『悪女化の芽』を摘んだ時の音はうるさすぎる。

なんとかならないものかと思うが、生憎《あいにく》その文句を受けつけてくれる相手はいない。

視界が元に戻ると、フィルは耳を手で軽く叩いていた。

「この嫌がらせが『悪女化の芽』だったみたいだな」

「これが？　よくわかんねえな」

確かに、フィルの言う通りだ。これまでの事例に比べると、マグノリアを精神的に追い込むというより、肉体的に傷つけようとしている。

「女神の言葉を借りれば、『悪女化の芽』はあくまで悪女になる要因だからな。一つ一つの積み重ねで悪女になってしまうのかもしれないな」

「あー……精神攻撃されまくって人格が歪むみてえな？」

「そういうことだ」

「にしても、陰湿《いんしつ》すぎて引くわ……よくこんなこと思いつくな」

この針を仕込めるのは、作り手のシェフぐらいだろうが……そのわりには、ケーキの出来が悪かった気がする。

見た目にまでこだわるプロではなく、素人《しろうと》が作ったような印象だった。

「念のため厨房へ行ってみよう」

私が台車を押していこうとすると、フィルに強引に奪われた。俺が運ぶ、ということらしい。

フィルに台車を任せて、私は一足早く厨房に入った。

そこには真《ま》っ青《さお》な顔をしたシェフが床にへたりこんでいた。私の姿を見てさらに顔を青くする。

「あ……あ、殿下……」

「……ひどいな」

調理台の上にはケーキ……とは呼べないほどに潰されたスポンジ生地が置いてあった。飾りに使う予定だったのだろう、そばにあるクリームやフルーツ、飴細工《あめざいく》もことごとくぐちゃぐちゃになっている。

「うわ、こっちもかよ」

合流してきたフィルが顔をしかめた。

台車で持ってきたケーキと比べても、かなり大きいサイズだったようだ。残骸の量が違う。

「殿下……申し訳ありません！　私が戻ってきた時にはすでにこうなっており……！」

シェフは床に頭を擦りつけて謝罪する。

私は肩に手を置いて、やめてくれと顔を上げさせた。

「ここにいたのは君一人だけか？　他のコックたちは？」

「ホールへ料理を運ぶために出払っています。配膳《はいぜん》の順番にこだわりがあったので、メイドと使用人には頼めず……最後にこのケーキを出すため、皆が戻ってくる予定でしたが」

「君は席を外していたようだが、なぜだ？」

「メイドから『サイラス様が呼んでいる』と伝言を受けまして。彼女が見張っていてくれるとのことだったのですが、場所に向かってもサイラス様はいらっしゃらず。戻ってきたらこんなことに……」

誰かがサイラスの名を騙《かた》ってシェフを呼び出した？

その隙にケーキを潰したとなると……先ほど針入りケーキを運んでいたメイドは、何かしらの事情を知っていそうだ。

「メイドの特徴は覚えているか？」

「すみません……しっかり顔を見ておらず……」

シェフは気の毒になるくらい落ち込んで、平謝りする。

力作のケーキを滅茶苦茶にされたうえ、私に許しを乞《こ》う姿には同情を禁じえない。

「もう気にするな。君の責任を問うつもりはないよ。ところで、この台車のケーキに見覚えはないか？」

シェフが首を横に振った。

「いえ……ケーキは私が作っていたこの一つだけです」

「では他のコックたちの中で、作れそうだった者はいるか？」

「おりません。このお屋敷の厨房を借りてからは、他の料理と並行し作業しておりましたので、こっそり目を盗《ぬす》んで作るのは無理かと思います」

事情を聞いていると、ホールからコックたちが戻ってきた。

「わかった。とりあえず君は他のコックに事情を伝え、床のケーキを片づけてほしい。そして、こちらの台車に載っているケーキは保管しておいてくれ……それも終わったら、ケーキに使う材料を新たに用意してもらえないか。ただ、実際に作る必要はない」

「はっ……？」

「頼んだよ。行くぞ、フィル」

呆然《ぼうぜん》としているシェフを置いて、私は足早にホールへ戻る。

「なあ、レイ。犯人ってやっぱりあのメイドか？」

「おそらくな。彼女は明らかに挙動がおかしかった。上手いことを言ってケーキを切り分け、マグノリアにのみ針入りのものが当たるようにするつもりだったのだろう。あるいはシェフに罪を擦りつけようとしたのかもしれないな」

「なんでだ？『悪女マグノリア』ならともかく、今のあいつに嫌がらせをされる理由はねえだろ」

確かに、動機も気になるところだ。

「サイラスがメイドを捕まえているといいんだが」

「そういう言い方する時って、大抵捕まえられないやつじゃね？　それよりケーキはどうすんだよ」

「……フィル、お前も手伝えよ」

ん？　と首を傾げているので、私はにやりと笑みを浮かべた。途端にフィルが嫌そうな顔になる。

ホールに戻ると、マグノリアが待ちくたびれていた。

椅子に座り、足をバタバタと退屈そうに揺らしている。

「遅いよー！　あれっ、ケーキは？」

「すまない、マグノリア。私がドジをして、ケーキを落としてしまったんだ」

「えっ……」

マグノリアの眉が八の字に下がって、今にも泣き出しそうになる。私は慌てて先を続けた。

「だから料理を食べた後、私と一緒にケーキを作ってみないか？　もちろん、フィルも一緒だ」

「なっ……!?」

フィルは「何勝手なこと言ってんだ」と言いたかったのだろうが、マグノリアの泣きそうな眼差しを前に、言葉を失ったようだ。

こいつは結構子どもに弱いらしい。新たな発見だと心の中で笑う。

私の提案はマグノリアにとって魅力的だったようで、一気に顔色が明るくなった。

「作るの!?　やってみたい！」

「よし。とりあえず、料理が冷《さ》める前に食べてしまおう」

「うん！」

マグノリアの機嫌が直って私は一安心する。

私を睨んでいたフィルも食事が始まれば、おいしい料理をこれでもかと頬張ってすぐに上機嫌になった……単純なやつでよかった。

しばらく談笑しながら食事をしていると、サイラスが戻ってきて私の隣に立った。

報告したそうな素振りだったので耳を貸す。

「殿下、申し訳ありません。逃しました」

サイラスは書類仕事や人員の管理などに関しては右に出る者はいないが、肉体労働はやや不得意だ。

運動神経が悪いわけではないのでいけるだろうと踏んだが……分が悪かったらしい。

浅くため息をつき、心配するなと手を振る。すると、サイラスはひどくショックを受けたようだった。

「も、申し訳ありません……追ったのですが、窓から逃げられて見失ってしまい……」

「わかった、気にするな。ただ、そのメイドについてできるだけ調べてみてくれ」

「はい……」

しょんぼりとしたサイラスがすごすごと下がっていく。

よほど落ち込んだのか、肩を落として歩く姿は情けない。

サイラス、意外と打たれ弱いな……と後ろ姿を見送って、マグノリアとの会話に再び花を咲かせたのだった。

食事を終え、私とフィル、マグノリアは厨房へ向かった。

調理台にはすでにケーキの材料が並び、準備が整っている。

シェフに頼んで手順を教えてもらいつつ、ケーキ作りが始まった。

「マグノリア、勢いよく混ぜすぎだ……！」

「えへへー！　楽しいー‼」

「もうちょっとゆっくり混ぜろ！　さっきからクリームが飛んでんだよ！」

はしゃぐマグノリアは力加減をうまく調整できないみたいだ。クリームを飛ばしてしまうので、その都度、私とフィルは掃除に追われた。

フィルは怒りながらもちゃんとクリームを拭いていく。まるで手のかかる妹の面倒を見る兄のようだ。

紆余曲折《うよきょくせつ》ありながらも、なんとかケーキが出来上がった。

スポンジ生地は少しいびつな形に焼き上がってしまった。

クリームも上手く絞《しぼ》れておらず、フルーツさえ均等に置けていない不格好なケーキだが、マグノリアは大満足だったようだ。

「えへへ！　今年はサイコーの誕生日だったよ！　殿下、フィル様、ありがとう！」

クリームを鼻に付けたマグノリアが、満面の笑みを浮かべて礼を言う。

フィルは唇を尖《とが》らせ、照れくさそうに「おう……」と小さく応えた。

『悪女化の芽』をきちんと摘み、この笑顔を守ることができて、本当によかった。

心の底からそう思い、私はマグノリアの鼻についたクリームを拭って微笑んだ。

❖◇❖

マグノリアの誕生日会から数週間が経った、どんよりと灰色《はいいろ》に染まった雲が、今にも雨粒《あまつぶ》を落としそうな天気の日。

その日の勉学を終えた私は、フィルと共に王城の廊下から空を眺めていた。

「そろそろ降ってきそうだな」

「だな。こんな日はゆっくり過ごすに限る」

ここ最近はマグノリアの近辺に変化がなく、のんびりした日が続いている。

フィルの提案も悪くないが……

「お前……普段から適当に手を抜いているくせに、まだゆっくりするつもりなのか？」

「何言ってんだよ。俺は常に生き急いでる男だぜ」

フィルの軽口を聞き流す。

今日は書斎《しょさい》で本でも読もうか。

しかし、字を読むのが嫌いなフィルにとってはつまらない場所かもしれない。念のため意見を聞いたところ、「いいぜ。昼寝にはもってこいの場所だし」との答えが返ってきた……頼もしい従者で何よりだ。

なんの本を読もうかと考えつつ城の階段を上っていると、意外な人物と鉢合《はちあ》わせた。

キャラメル色の髪を油でガッチリと固めた、神経質そうな男性が頭を下げる。

「これはこれは……王太子殿下。お久しぶりでございます」

「バーネット侯爵か」

ループ前に私の婚約者であったロッティの父、バーネット侯爵だ。

これまでも貴族会議の際に王城に来ているのを見かけたことがある。ただ、今日は会議の予定はなかったはずだが……

「珍しいな。今日はどうしてこちらへ？」

「国王陛下に『いい酒が手に入った』とお招きいただきましてな」

どうやら気まぐれな父上に呼び出されたらしい。

しかし、なぜバーネット侯爵を酒の相手に選んだのだろう？　交流が深いイメージはあまりない。

疑問を胸に秘め、会話を続ける。

「そうか。父上は酒豪《しゅごう》だから、潰されぬよう気を付けてくれ」

「ハハッ、そうですな……ああ、そういえば今日は私の娘も城へ連れてきたんですよ。『殿下に会えたらいいな』と、ここへ来る前からずいぶんはしゃいでおりましてな」

「ロッ……バーネット侯爵令嬢か。どこにいる？」

思わず名前で呼びそうになったのを堪え、平静を装《よそお》う。今の私はまだロッティのことを知らないのだ。

幸い、侯爵には不審に思われなかったようだ。

「おそらく、城のホールかと。あそこでピアノを弾《ひ》いてみたいとせがまれたもので……我がままな娘で困ったものです」

『完璧な令嬢』と噂されていたロッティにも、ちゃんと子どもらしい時期があったのか……と言ったら失礼か。

侯爵は娘に会ってほしそうな口振りだ。私も幼いロッティに興味が湧いた。

「そうか。せっかくの機会だ、ご令嬢に会いに行ってみるよ。では失礼する」

満足げな笑みを浮かべ、侯爵は私に頭を下げた。

侯爵と別れてホールを目指す。階段を下りていると、フィルが口を開いた。

「さっきのやつ、ロッティの親父か。相変わらず胡散《うさん》くさい顔してんな」

「フィル、声が大きいぞ」

物腰柔らかな侯爵だが、その笑顔からは隠しきれない圧を感じる。

おまけに話術が巧《たく》みで、自分の心の内を一切見せないまま、上手く相手を誘導《ゆうどう》してしまうのだ。

どこか底知れない雰囲気がある彼を苦手とする貴族も多い。

「それにしても七歳のロッティ嬢か。どんな感じだろうか」

「確か、巻き戻り前は……レイの婚約者になったって紹介されたのが初対面だったな」

ロッティと出会った時期は、私もフィルとさほど変わらない。未婚の貴族令嬢を集めた交流会で、初めて彼女に挨拶したのだから。

つまりループ前は私が十八歳、ロッティが十六歳の時に出会ったことになる。

「そうだな。マグノリアの運命に干渉《かんしょう》すると、人と出会うタイミングにも変化があるのかもしれない」

「まあ、その辺の事情はよくわかんねえけど……」

私たちは時が巻き戻る前とは異なる行動をしているのだ。起こる出来事がすべて同じになるとは限らない。

マグノリアへの嫌がらせの内容も、私たちがそばにいることによって多少は変わっている可能性がある。

ふと、風に乗って、ピアノの音色がかすかに聞こえてきた。

ホールへ近づくにつれて、だんだんと音がはっきりしてくる。

ものすごく上手い演奏だ。まるで演奏家が弾いているかのようで、旋律《せんりつ》もリズムも乱れがない。

どことなく物悲しさを感じるのは、演奏者の感情が乗っているからだろうか。

「なあ。まさかこれ、弾いてるのロッティじゃねえよな？」

「……見たらわかるさ」

私はホールの扉を開ける。すると、身体がびりびりと震えるほど迫力ある音が襲ってきた。

演奏に圧倒され、入口から動けなくなる。

ピアノの前に座っているのは、まだ幼い女の子——ロッティ・バーネットだ。予想はしていたが、
これほどの演奏をまさか子どもが弾いているとは。

ここまで上手くなるまでに、一体どれだけの努力を重ねたのだろうか。

人の気配に気付いたのか、ロッティが手をピタリと止めた。

椅子から降り、美しい所作で私の前まで歩いてくる。

そして大人と遜色《そんしょく》ないカーテシーを披露した。

「初めまして、王太子殿下。バーネット侯爵家の娘、ロッティ・バーネットと申します」

同じ七歳のはずなのに、マグノリアよりもずいぶんと大人びている。まるで十六歳のロッティを

そのまま小さくしたかのようだ。

「ロッティ嬢、素晴らしいピアノの腕前だな」

「お褒めいただき光栄にございます。ほんの嗜み程度ですわ」

「令嬢が嗜むレベルを超えているよ。普段から練習を？」

「はい。ピアノとバイオリン、フルートを中心に」

「そんなに？　熱心なのだな」

「お父様の期待に応えたくて、つい欲張ってしまいましたの」

ふふ、と口元を手で隠してロッティが上品に笑う。笑い方まで十六歳の彼女とそっくりだ。

「そうか。だがあまり無理はしないようにな」

「お心遣い感謝いたします。もしお時間があるようでしたら、殿下のために一曲弾かせていただけますか？　初めてお会いした記念に」

「ぜひお願いしよう。それなら――」

私がリクエストした曲を、ロッティは難なく弾き始めた。

楽譜もないのに完璧な演奏だ。彼女は何曲暗譜《あんぷ》しているんだ？

礼儀作法はおろか、音楽の教養も完璧とは……才色兼備と言われるまで、侯爵令嬢であるロッティも苦労したのかもしれない。王太子として研鑽《けんさん》を重ねた日々を思い出し、同情する。

「素晴らしい演奏だった。ロッティ嬢」

演奏が終わり、私は心からの拍手を贈った。隣に立つフィルも適当ながら手を叩いている。

ちょうどその時、バーネット侯爵がやってきた。

「ロッティ」

名前を呼ばれた途端、ロッティが勢いよく立ち上がった。椅子がガタッと音を立てる。

背筋をまっすぐ伸ばした彼女は、急ぎ足で父親の元へ向かった。

「お父様、迎えに来てくださったのですか？」

「ああ。国王陛下との懇談《こんだん》は終わった。帰ろう」

「はい。承知いたしました」

自分の父に対しても、ロッティは変わらず丁寧な姿勢を崩さない。

王族である私がいるからだろうか……幼い子に似つかわしくない、粛々《しゅくしゅく》とした振る舞いだ。もちろん、プライベートな場では年相応に甘えているのかもしれないが。

「殿下。娘のために時間を割《さ》いていただき、感謝いたします。何か失礼はなかったでしょうか」

「失礼どころか素晴らしいピアノの演奏を聴かせてもらったよ。感謝するのは私の方だ」

「勿体ないお言葉を。よかったな、ロッティ」

「はい。これ以上ない幸せですわ」

ロッティは目を細めて、きれいな笑みを浮かべた。

そしてバーネット侯爵の後について、ホールから出ていった。

「『完璧な令嬢』……ブレねえなあ、ロッティ・バーネット」

ホールの扉が閉じると、ぼやくようにフィルが言った。

言葉の端《はし》に感嘆と同情が滲んでいる。

「ずいぶんしっかりとした教育を受けているようだな。バーネット侯爵らしいが」

「俺、上位貴族とか王族とかに生まれなくてよかったって心から思うわ」

「勉強嫌いのお前には地獄だろうな」

私の言葉に心底同意したのか、フィルはしつこいほどに頷いた。

❖　◇　❖

翌日。

マグノリアの様子を見るために、私はフィルとキャリントン伯爵家を訪れていた。

今日は昨日の重たい空が嘘のように晴れ、眩《まぶ》しい太陽が顔を覗かせている。

風も涼《すず》しく、屋外でも非常に過ごしやすい。

フィルは「こんないい天気の日は昼寝しなきゃ損《そん》だ！」と言ってシートを借り、庭園の近くで爆《ばく》睡《すい》している……お前は私の従者だろうに。

マグノリアが花の手入れをするそうなので、私はそれを見学させてもらうことにした。

彼女は巧みな手さばきで庭園を整えていく。普段から行っているのだろう。

「さすが、手馴《てな》れているな」

「えへへ、毎日やっているからね」

飽きずに見ていると、突然、マグノリアがきれいに咲いている花を切り出した。

私は驚き、咄嗟に彼女の手を止めた。

「マグノリア、何をしている？　花が可哀想だ」

「あ……お花をいじめているわけじゃないよ。これはね、『切《き》り戻《もど》し』って言う作業なの。元気がなくなっちゃったお花を切ると、切ったところから脇芽《わきめ》が出てきて、またきれいなお花が咲くようになるんだよ」

「……花は強いのだな」

誤解していたと気付き、マグノリアの手を離した。

「そうだよ、お花はきれいなだけじゃなくて強いんだよ！」

まるで自分が褒められたかのように明るく笑う様子に、私もつられて頬を緩める。

「ふふ、そうか。私も見習わなくてはな」

切り花を一つ手に取り、マグノリアの髪に添えてみた。

「やはり君は花がよく似合うな、マグノリア」

「ほんと？　嬉しいなー！」

マグノリアの純粋な笑顔を見ると、心がほぐれていく。自分の中に蔓延《はびこ》る、あらゆる黒い感情がすべて浄化されるようだ。

喜んでいたマグノリアが、何か思い立ったらしい。

「殿下、ちょっと待ってて！」

そう叫び、頭に花をつけたまま走っていってしまった。

どうやら屋敷に向かったらしく、あっという間に姿が消える。

私が待つこと数分。マグノリアが何かを抱えて戻ってきた。全力疾走《ぜんりょくしっそう》してきたようで肩で息をしている。

そして抱えていたものを私に渡した。

「切り戻したお花で、ブーケを作ったの！　みんなきれいで強いお花だよ。これを、よかったら見習って！」

「ん？」

頭に疑問符が浮かぶ。

もしや、私の「見習う」という発言が上手く伝わっていなかったのか？

「マグノリア、見習うというのは――」

「お花の強さを真似したいんでしょ？　だから毎日お花を見たらいいと思う！　そしたらきっと殿下も強くなれるよ！」

あまりに可愛らしい言動に、私は我慢できず噴き出した。

言葉の意味は間違っていない。

ただ、私が伝えたかったのは、何度も新たな蕾《つぼみ》を付ける、花のたくましさに対する賞賛で……と言ったところで、七歳の子が理解するのは難しいだろう。

マグノリアは、花を毎日眺めたら強くなれるに違いないと思い込んでいるようだ。その純真さに心が洗われる。

私はマグノリアが悪女にならないよう、未来を変えるためにここへ来た。

きっかけこそ女神に『悪女化の芽』を摘んでほしいと頼まれたからだが、今や義務感は薄《うす》らいでいる。

私は、心からマグノリアに悪女になってほしくないと、それを阻止したいと思うようになっていた。

この笑顔を、この純粋さを、失ってほしくない。悪女になど決してさせない。
だから彼女に嫌がらせをし、悪女化させようとする者の正体を突き止めてみせる。
私は決意を新たにした。

第四章　変わりゆく心境

あれから、実に四年もの月日が経った。

私とフィルはその間もマグノリアと交流を続けた。今や、気兼《きが》ねない友人であると言っても過言ではないほど、絆《きずな》を深めることができている。

マグノリアを毛嫌いしていたフィルだったが、今では不器用ながらも優しく接しているようだ。

この四年間は怒涛《どとう》の日々だった。

マグノリアの『悪女化の芽』というのは決して少なくなかった。

つまり、それだけマグノリアに対する攻撃が多かったということだ。

針混入ケーキ以降も、『悪女化の芽』は相次いだ。

段差に蝋が塗られたり、伯爵家の庭園に除草剤が撒かれたり、マグノリアを中傷《ちゅうしょう》する手紙が大量に届いたり、花を手入れする道具が破壊《はかい》されたり……私が贈ろうとしたプレゼントが、運搬中《うんぱんちゅう》に箱ごと燃やされたこともあった。例を挙げたらキリがないほど、彼女に対する嫌がらせは続いた。

もちろん、いずれも私とフィルが『悪女化の芽』として摘んでいる。マグノリアが嫌がらせをされていると気付かないよう、上手くごまかして事《こと》なきを得ているが……

ここまであからさまな攻撃が続くとは。黒幕は相当執念深《しゅうねんぶか》いらしい。

私は当初、マグノリアの継母――イライザによって、悪女化が進行するのではないかと予想していた。

ところが、今のところイライザは影も形もない。キャリントン伯爵の治療が長引いているからだ。伯爵は薬の後遺症《こういしょう》で身体に痺《しび》れが残っており、まだ話したり文字を書いたりするのが難しい。医師の見立てでは完治までもう少しかかるという。

とはいえ、伯爵の表情は以前に比べてずっと穏《おだ》やかになった。マグノリアとも面会できるようになり、私とフィル、あるいはメアといった使用人の顔もしっかり認識しているようだ。

こちらが手配した屋敷で療養してもらっている伯爵に、後妻を娶《めと》る余裕などあるはずがない。イライザとどこで出会ったのかわからない点がネックだが……姿を現すのは、まだまだ先になるだろう。

私は、マグノリアを執拗《しつよう》に狙う黒幕が不思議だった。

彼女は六歳の時に私たちと出会い、今日まで健《すこ》やかに成長している。幼い頃から嫌がらせを仕掛けるとなると……一体どこで接点が生まれたのだろう。

父親である伯爵に恨みを持った者が、あえて娘を狙っている可能性はあった。だが、伯爵が静養中の今なお、マグノリアに対する攻撃はやまないのだ。やはり黒幕は、彼女自身に怨恨《えんこん》を抱いている気がする。

それにしても……時が巻き戻る前の『悪女マグノリア』は、あれだけいろんな嫌がらせを受けていたのか。見逃していたことの大きさに、非常に複雑な気持ちになる。

ここ数年のことを思い返しつつ、私は執務室で呟く。

「環境が彼女を悪女に仕立てあげた……か」

女神の言葉が身に染みた。

いじめられ、孤独になっていくマグノリアの姿が脳裏に浮かぶ。

椅子に深くもたれかかり、息を吐いた。

その時、執務室の扉が乱暴に開いた。思わずびくっと身体を震わせる。

来訪者はなんの断りもなく部屋に入ってきた……王太子の私に対し、ここまで遠慮がない人物は限られている。

私は振り返った。

「なんの用だ、フィル」

「朝っぱらから執務室にいたのかよ。どこにもいないから捜し回ったぜ」

「私ももう十三歳だからな。いろいろと仕事が出てくるんだ……ところで、何かあったのか？」

「マグノリアの件だよ。今回も収穫《しゅうかく》なし。死体が転がってたぜ」

嫌がらせがあるたびに実行犯を追うが、行方知《ゆくえし》れずになったり、今回のように死体となって見つかったりするばかりだ。

死体を調べても、特にめぼしい情報は得られない。実行犯にはなんの繋がりもなく、謎は増えるばかりだ。

針混入の犯人が屋敷のメイドに扮《ふん》していたことから、キャリントン伯爵家の使用人や新しく雇用《こよう》する者についてはかなり厳しめなチェックを入れている。ただ、効果があるのかないのか……伯爵家への監視を増やしてはいるものの、それでも嫌がらせがなくなることはない。敵の手のひらで踊《おど》らされているようで気分が悪かった。

「敵の手腕《しゅわん》が巧みなのか、それとも、手がかりを掴めない城の者たちの能力が低いのか？」

「レイ、喧嘩を売ってんなら買うぜ？」

フィルは最近、従者として私の身の回りの世話を手伝う傍《かたわ》ら、サイラスと共に嫌がらせの実行犯を追っていた。

「冗談だ。それにしても四年以上追っているというのに、尻尾《しっぽ》を見せないとは……敵はなかなか優秀らしい」

「徹底的に証拠を残さないようにしてやがるな。何年もマグノリアに嫌がらせし続けるとか、執念深すぎるだろ」

その意見には同感だ。庭園や花の手入れ道具など、マグノリアが大切にしているものを壊そうとするやり口も気に入らない。それなのに犯人を特定するどころか、手がかりさえ……

歯がゆい思いを胸に秘め、私はフィルに新たな命令を与える。

「ところでフィル。今日はお前一人でマグノリアのところへ行ってくれないか」

「えっ……」

フィルは驚きと困惑が混ざったような、微妙な声を上げた。

「ハハ、一人だと心細いか？　だが今日はどうしても出席しないといけないパーティーがあるんだ」

「なんだよ、俺の護衛なしかよ」

「今のお前はまだ従者の立場だろう？　そう拗ねるな」

「ふん……わかったよ」

「マグノリアによろしく伝えておいてくれ」

そう頼むと、フィルは気まずそうに眉を寄せた。納得はしたものの、不安を隠しきれない……といった表情だ。

それもそのはず、フィルだけで伯爵家を訪問するのは今回が初めてだ。

この数年で彼とマグノリアの仲はかなり改善した。とはいえ、それは私が二人のクッション役になっていたからだ。一人でマグノリアと対峙《たいじ》し、自分が不用意な発言をしないか心配なのだろう。

「……ま、これも試練だと思って」

私は立ち上がり、フィルの肩をポンと叩いた。

フィルと別れた後、私はパーティー……退屈《たいくつ》な貴族交流パーティーが開催される会場に向かった。

今回の催《もよお》しは、父上――つまりは国王の命で強制的に参加させられる小規模のものだ。

わざわざ王都近郊《おうときんこう》の建物を会場に指定したくせに、それを決めた本人は不在だ。

「貴族同士の親睦《しんぼく》を深める」とは建前で、本当の目的は私の婚約者候補探しである。

時が巻き戻る前、『悪女マグノリア』やロッティと挨拶した交流会と似たようなものだ。

とはいえ、父上から直接婚約者候補を見つけろと指示が下ったわけではない。では、なぜわかるのか。

それは、参加者の名簿を見たからだった。

名家も名家の貴族が揃い、各家がそれぞれ自身の娘を帯同《たいどう》させているのだ。こんなにわかりやすいことはないだろう。

「王太子がキャリントン伯爵令嬢に惚れ込んでいる」という噂は、とっくに父上の耳に入っている。

直接事実なのか聞かれた際、私はマグノリアとの交流を続けるために噂を肯定した。

父上もキャリントン伯爵家なら相手として不足はないと思ったのか、珍《めずら》しく口を出さずにいてくれたのだが……

当主である伯爵の容体がなかなか回復しない今、だんだんと好意的に思えなくなったようだ。

……父上のことだから、ただ単に息子の恋路《こいじ》を邪魔してやろうと考えた可能性も大いにあるが。

今回のこの交流パーティーには、父上からの無言のメッセージが込められている。つまり、「キャリントン伯爵家に代わる、名家のお嬢さんを見つけろよ」という圧力だ。

逆行前にこんなパーティーが行われた覚えはないから、マグノリアの運命に干渉した影響なのだろう。

しかし、このパーティーはやるだけ無駄だ。どれだけ候補を探したところで、結局はバーネット侯爵家の右に出る者はいない。他の選択肢《せんたくし》など存在しないようなものなのだから。

父上もわかっているはずなのだが、それでもわざわざパーティーを開くのは……私が他の令嬢と噂になることを期待しているからか。

私がマグノリアに惚れ込んでいると思っている父上のことだ。他の女性に心を移したと噂が立ち、泥沼《どろぬま》の三角関係になってほしいという願望が透けて見える。

私に恨みがあるわけではないだろう。父上はただ単に面白いものが見たいだけ。それだけだ。

命令だから仕方なく参加しているが、はっきり言って早く帰りたい。

とにかく形式的な挨拶回りを済ませ、最低限の義務を果たす。

そして会場の二階にあるテラスへ逃げることにした。

ところが、適当に飲み物を飲みつつ時間を潰そう……という私の目論《もくろ》みはすぐに崩れ去ってしまった。

そこにはすでに先客がいた。

後ろ姿に見覚えがある。テラスの入口で足を止めていると、相手はこちらに気付いたようだ。

先客——ロッティが振り返り、きれいにお辞儀をする。

「失礼、邪魔してしまったな」

「王太子殿下。ご挨拶申し上げます」

「久《ひさ》しいな。王城のホールで、君の演奏を聴かせてもらって以来か」

四年ぶりに会うロッティは、相変わらず気品が漂っていた。立ち居振る舞いは、前に会った時よりさらに洗練されている。

「まあ……覚えていてくださったなんて光栄ですわ。殿下のお耳に拙《つたな》い演奏を届けてしまい、恥ずかしい限りですのに」

「あれほどの演奏を拙いと言ってしまったら、この世のどんな音楽にも満足できなくなってしま

うな」

「ふふ……褒めすぎですわ」

お世辞《せじ》と受け取っているのか、心から喜んでいる様子はない。

私は本気で素晴らしいと思っていたので、それが伝わらなくて残念だ。

……ただ、私も王太子として周りから持て囃《はや》されることが多かった。予防線を張るロッティの気持ちも痛いほど理解できる。

「君はどうしてここに？　一階でパーティーを楽しめばいいだろうに」

……そういえば、貴族たちに挨拶をした際、バーネット侯爵の姿は見えなかった。

「お父様が体調を崩されて控え室で休んでいらっしゃいますの。ですから、わたくしはこちらで待っていようかと……ほら、今日のパーティーは親同伴ですし、一人でいると目立つでしょう？」

「そうか……だが、こんなところにいて退屈しないのか？」

「いいえ、一人で過ごすのはわりと好きなのです。それよりも、退屈なのは殿下の方では？　わたくし、殿下は退屈さに耐えかねて、ここへ避難していらっしゃったと推察しておりますが」

そうでしょう？　とロッティが笑顔で首を傾げる。その指摘は事実だ。わざわざごまかす必要もないだろう。

「……ふ、君には敵《かな》わないな」

「わかりますわ……こんなことを申し上げるのは失礼かもしれませんが、殿下の瞳はわたくしと似ているんですもの。だからなんとなく、気持ちがわかる気がするのです」

ロッティは細めていた目をスッと開く。キャロットオレンジの瞳が私を見据《みす》えた。

「君と私がか？　どういうことだ？」

「ふふ、これ以上申し上げると不敬《ふけい》になってしまいますわね。殿下のご想像にお任せいたします」

「なんだ。そう言われると余計に気になるのだが……」

もう少し詳しく話を聞こうとしたその時、背後から複数の女性の話し声が聞こえてきた。

「殿下、どちらにいらっしゃるのかしら」

「一階にはいらっしゃらないから、こっちじゃない？」

令嬢たちが私を捜しているようだ……見つかると面倒だな。

「殿下、テラスにいたら囲まれてしまいますわ」

「ああ、それは避けたいな」

「ちょうどいいですわね。この際抜け出してしまいましょう。会場の裏口に我が家の馬車が停《と》まっていますから、お使いになってください。今日はあくまで『交流パーティー』なのです。抜けても問題ないはずですわ」

ロッティはテラスの奥にあるもう一つの出入口を指差し、「殿下もおわかりでしょう」と囁いた。

彼女も、このパーティーが茶番であると理解していたらしい。

その提案に従って、私は足早にテラスを出た。

幸い、令嬢たちには見つからなかったらしい。

とはいえ、一階に戻れば他の貴族に囲まれてしまう。外への出口は一階にしかないし、結局どうしたものか。

私が悩む隣で、ロッティは二階にいるわずかな使用人たちを観察するように眺めていた。やがて狙いを定めたのか、ある使用人の元へ迷いなく向かう。

「何かお困りですか？」

「誰にもバレずにこの会場から出たいのです。使用人が使う出入口はないかしら」

近づいたロッティは使用人の手に何かを握らせた。使用人が目を見開き、口元を綻《ほころ》ばせる。

「はい、ございます。こちらへ」

どうやら使用人を買収したらしい。ロッティがこちらを振り向いて、にこりと微笑んだ。

見逃してくださいね？　とは、言われずとも伝わってきた。

使用人の案内で会場から抜け出した私たちは、馬車に向かって急ぐ。馬車まではそう遠くなく、見回りの兵士に出会うこともなかった。

無事バーネット侯爵家の馬車まで辿り着くと、ロッティが私に乗るよう促した。

「行き先は王城でよろしいですね？」

「あ……待ってくれ、ロッティ嬢」

私が止めると、ロッティは二度ほどまばたきをした。

「向かってほしいのは――」

目的地を伝えると、ロッティは唇を薄く開いた。

「……わたくしも一緒に行ってよろしいですか？」

「ん？　君もか？」

「ええ。ご迷惑でなければ」

突然の申し出に虚を衝かれる。

しかし今は時間がなく、断る理由も見つからない。私はロッティと一緒に目的地に向かうことになった。

❖　◇　❖

俺――フィルは、交流パーティーに参加するレイの代わりに、マグノリアの家に向かっていた。
「レイのやつ、いきなりすぎるっての。もうちょい前から言ってくれよ……」

馬を走らせつつ、ぼやく。

いつもレイを含めた三人で会ってたから、二人きりは正直気まずい。

俺たちが『悪女化の芽』を摘んでいるおかげか、今のところマグノリアは悪女になる気配がなく、まっすぐ純粋に育っている。時が巻き戻る前の姿が信じられないくらいだ。

今のマグノリアと出会ってすでに四年……半ちょいくらいか。

別に懐柔《かいじゅう》されたわけじゃねえけど、それなりに仲良くやってる。

『悪女マグノリア』の行いは、今でも許せねえし許す気もない。ただ、あいつがこのまま成長すれば、俺の友人や他のやつらが被害に遭うことはないだろう。マグノリアを斬る必要もなくなる。

最初の頃はあいつの存在を消したかったが、今は……

なんて考え事をしてたら、いつの間にかキャリントン伯爵家の真ん前まで来ていた。

馬を下りていると、マグノリアが駆けてくる。

「フィルー！　いらっしゃい！」

「よう」

出会った頃からぴょんぴょん跳ねるように走るやつだったが、それは十一歳になった今も変わらない。俺は思わず噴き出してしまう。

何を思ったのか、マグノリアは慌てて緩んだ口元を引きしめた。

「あれ？　レイは？」

「どうしても外せないパーティーがあるんだとよ。悪いな、俺一人で」

いつからか、マグノリアはレイのことを「殿下」ではなく名前で呼ぶようになった。俺に対しても敬称が外れたから、それだけ信頼されるようになったということだろう。

さて、レイがいない以上、俺がマグノリアのペンダントから『悪女化の芽』が出ていないか確かめないと。

俺は何気ない仕草で、ペンダントに視線を送る。

マグノリアがこちらを見上げた。

「フィル一人でも大歓迎よ！　ね、疲れたでしょ？　紅茶は飲む？」

よし、ペンダントにはバラの花と葉が一枚あるだけだ。

「ん、頼むわ――――ん!?」

俺は慌てて二度見する。

やはりそこには『悪女化の芽』が発生したことを示す、立派なバラの葉が生えていた。

「フィル？　どうかしたの？」

「あ、いや……ちょっと考え事。疲れてんのかもしれねえ」

「フィルは毎日頑張ってるものね。ゆっくり休んでいってって」

マグノリアが優しく笑いかけてくるが、俺は『悪女化の芽』が気になってそれどころじゃない。

周りをキョロキョロと警戒しつつ、二人で庭園を歩く。

挙動不審《きょどうふしん》な俺をマグノリアがちらちらと見てくるが、気にしていられない。

やがて、いつも集まっている『リトル・ティーガーデン』に辿り着いた。

今のところおかしな様子はないが……

警戒を解かないまま席に着くと、ティーガーデンで待っていたメイドがすっと紅茶を用意した。

マグノリアの前にも同じものが置かれたので、俺はすかさず懐から銀製の小さな棒を取り出す。

それをマグノリアの紅茶に差し込んだ。

「うわあ！　何よ、フィル!?」

棒を取り出すが変化はない。とりあえず一安心する。

「悪い、毒でも入ってねえか気になって」

「結構心配性《しんぱいしょう》なのね。でもありがとう」

「お前が抜けすぎなんだよ」

ひどい！　とマグノリアが唇を尖らせる。

それをフンと鼻で笑い、俺はテーブルに置いてある大皿に載った菓子を手に取った。

毒味してみるが、こちらも問題なさそうだ。

念のため皿を動かして、マグノリア側に並んでいた菓子が俺の方へ来るようにしておこう。

「……なんかフィル、今日変じゃない？」

「別に？　お前ほどじゃねえと思うけど」

「もう。いつも憎まれ口ばっかり」

「悪いな、生まれつきこういう口なんだわ」

「絶対嘘！」と言って、マグノリアは頬を膨らませた。俺は菓子をマグノリアの口に突っ込んで、無理矢理黙らせる。

案《あん》の定《じょう》、最初は険しい顔をしていたが、菓子を食べているうちに怒りを忘れたらしい。もぐもぐと口を動かし、甘さに頬をふにゃっと緩ませている。

単純なやつ。その子どもっぽさがつぼにはまり、俺はふっと息をこぼして笑ってしまった。

マグノリアが「馬鹿にして！」とまた怒り出す。

「で、最近何かあったか？」

「ええ？　何よ突然」

「不審なことが起きたり、嫌なことされたり、トラブルはなかったか？」

「な、ないわよ別に……どうしてそんなこと聞くの？」

「俺、結構鼻が利《き》くんだよ。お前に何か起こる気がして」

マグノリアは怪訝な表情で、少し沈黙する。そして、なぜかふふっと笑い出した。

「ごめん、フィルって本当に心配性ね。過保護なお父様みたい」

からかうようなその声色に、俺は眉を寄せる。

「べ、別に心配してるわけじゃねえよ。自惚《うぬぼ》れんな」

「はいはい、自惚ればんざーい」

「おまっ……」

マグノリアの態度にムカついて、頬を両手で摘まんでやる。よく伸びる頬だな。

「いふぁいわよー！　やめへー！」

マグノリアが俺の手をバチンバチンと叩いた。仕方なく解放してやると、頬を膨らまして睨みつけてくる。

そんな視線、痛くも痒《かゆ》くもない。鼻で笑ってやると、マグノリアは反撃開始とばかりに立ち上がった。そして俺の頬へ手を伸ばす。

俺はマグノリアの手を避け、逆に二の腕を掴んでやった。しかし――

「痛いっ!!」

マグノリアがいきなり叫んだ。

驚いて手を離す。マグノリアはハッと口を押さえ、ひどく動揺している。

強く掴んだわけでもないのに、今の痛がりよう……明らかに異常だ。

ゆっくりと立ち上がり、俺はマグノリアを見下ろした。

じっと圧をかけていると、マグノリアは蛇《へび》に睨まれた蛙《かえる》のようにその場に立ち尽くした。ダラダラと冷や汗を流している。

「おい……今のなんだ？」

「へっ？　な、何が？」

「とぼけんな。明らかに反応がおかしかっただろ」

「……」

「もう一回掴んでやろうか？　あ？」

もちろんするわけがない。口を割らせるための脅しだ。

マグノリアはぷるぷると何度も首を横に振った。

しかし、それでも口を噤む。俺はマグノリアの顎《あご》を掴んでこちらに向けさせた。

「無理矢理見てもいいけど？　大人しく白状すんのとドレスを脱がされんの、どっちがいい？」

「う、うわあ！　わかったわよ！　言うから!!」

今の発言、レイに聞かれてたら相当怒られていただろうな。この場にいなくてよかった。

いや、あいつならもっと上手く話を聞き出していたかも……ま、いないので仕方がない。

顎から手を離してやる。マグノリアは困ったように俺を見上げた。

強引すぎたのは自分でもわかってる。謝罪代わりに、俺はマグノリアの頭を軽く撫でた。

マグノリアはくすぐったそうにしているが大人しい。しばらくして事情を語り出した。

「……笑わないでよね。新しく来たピアノの先生が厳しいの。ちょっとでも間違えると、腕を抓《つね》られちゃって」

「何？　それ、暴力じゃねえか。なんで我慢してんだ！」

俺が声を荒らげると、マグノリアを首をすくめた。

「だって前のバイオリンの先生も厳しい人だったし、そういうものなのかなって……」

「そういう指導法のやつもいるだろうけどよ。触っただけで痛がるほど強くはやんねえって」

「……やっぱりそうなの？　じゃあ先生を代えてもらった方がいいのかしら……」

マグノリアも内心おかしいと思っていたようだ。話しているうちに、疑惑が確信に変わったらしい。

「待て。代える前にそいつと会わせろ」

「え？　会ってどうするの？」

「当たり前だろ。お前に対して謝らせるんだよ。痛めつけてやる」

その教師だって、いじめられたガキが何を思うか想像できないわけがない。

もし「知らない」と抜かすようなら、同じ目に遭わせてやろう。上手くいけば、マグノリアを狙う黒幕への手がかりも掴める。

「なっ……」

マグノリアが言葉を失う。どうやら驚きのキャパシティを超えたようだ。

「ダッ……ダメよ！　痛めつけるなんて！　こんなことくらいで！」

「気にすんなって。きっとレイだって同じことするぜ」

俺が手を出しても、レイがなんとか理由つけて処分を軽くしてくれるはずだ。多分。

「そういうことじゃなくて！　フィルにそんなことさせたくないの！」

「ん？　なんで？」

今まで人を斬ったことがないわけでもないし、今さら血を見たところでなんとも思わないのだが。

マグノリアの言いたいことがよくわからない。

俺が首を傾げていると、マグノリアは顔を赤くして俯いた。何度か咳払いをして、ぼそぼそと小さな声で呟く。

「フィルは私の大事な友達だから……私のせいで手を汚してほしくない……のよ」

「……は？」

「友達」だと？　自分の予想していなかったところから、衝撃的なワードが飛んできた。

脳内の辞書のページをバラバラとめくり、「友達」の意味を検索《けんさく》する。

「友達」とはお互いに心を許し、信頼を寄せ合う相手のこと。一緒に話したり笑い合ったりと、親しい間柄の人を指す。

……親しい間柄の人を指す。

俺と、マグノリアが？

まずい、予想外の単語に処理能力がショートしそうだ。

「フィル！　ちょっとー!!」

しばらく固まっていると、マグノリアが俺の名前を呼びながら身体を揺すってきた。

ハッと我に返る。

「あっ、悪い。意識飛んでたわ」

「失礼すぎない？　友達って言ったことがそんなにショック!?」

「ああ、ショックだわ。なんか、いろんな意味で」

「ひどい!!」

マグノリアが泣きそうな顔になり……いや、ちょっと泣き出した。

あの『悪女マグノリア』が「友達」とか言い出すなんて。人生って何が起こるかわからないもんだ。

ただ、そう言われても、簡単に受け入れられるはずがない。

俺はまだマグノリアのことを完全に信頼したわけじゃねえ。正直困るというのが本音だ。

もし、マグノリアの悪女化が防げなかったとしたら。仲良くなったせいで、俺がこいつを斬れなくなったらどうすんだよ……

黙って考え込んでいたからだろうか。

困り果てている俺の胸中など知りもしないマグノリアが、本格的に泣きじゃくりかけている。

おかげでさっきから、控えているメイドの視線が痛い。う……そんな目で俺を見るな！　俺が悪者みてえじゃねえか！

マグノリアは溢れ出た涙を必死に拭っている。結んだ唇がぴくぴくと震えていて、頑張って涙を堪えようとしているのが、痛いほど伝わってきた。

だが、なかなか涙は収まらない……こいつが泣いているのは、俺のせいなわけで……

……あああっ！　クソッ！

「わかったよ！　お前に免《めん》じて、教師を痛めつけるのはなしだ」

「ほんと？」

「でも、そいつは絶対に許さねえからな……と、友達傷つけられたら、誰だって怒るだろうが！」

死にたくなるほど恥ずかしい。俺が背を向けたら、マグノリアが後ろから抱きついてきた。

不意に飛びつかれたせいで、勢いが殺せない。俺はマグノリアと一緒にそのまま床へ転がった。

❖　◇　❖

交流パーティーを抜け出した私はキャリントン伯爵家へ向かった。

理由は二つある。一つ目はマグノリアと二人きりになるのが不安そうだったフィルが心配だから。二つ目は、父上のくだらない遊びに付き合わされた虚無感が、あそこに行けば和らぐ気がしたからだ。


私はロッティと共に、『リトル・ティーガーデン』にやってきた。

「……何、してるんだ？」

ティーガーデンの床にはフィルとマグノリアが転がっていた……死体の真似でもしているのか？

マグノリアの下敷きになっていたフィルがもそもそと動く。

「見ての通りだ。マグノリアのやつ、俺に背後からタックルしてきやがったんだよ」

「タックルですって⁉　そんな野蛮《やばん》なことしてないわよ！」

マグノリアが起き上がり、フィルの背中をポコポコと殴る。

……喧嘩してるのか、じゃれ合っているのか、判断に困るな。

とりあえずマグノリアに手を差し伸べる。彼女は埃《ほこり》を払うと私の手を取り、立ち上がった。

フィルもすぐに続く。

「……って、あら？　どなたかしら？」

身なりを整えたマグノリアが、私の後ろに立っていたロッティにようやく気付いたらしい。

ロッティが微笑し、ドレスの裾を持ち上げた。

「こんにちは、マグノリア嬢。わたくしはロッティ・バーネットと申します」

「バーネット……って、侯爵家の……⁉」

家名を聞いたマグノリアが青ざめた。慌てて挨拶を返す。

「し、失礼しましたっ！　わ、私はマグノリア・キャリントンと申します。初めまして！」

「……まあ……ふふ、そんなに畏まらなくて結構ですわ」

ロッティが年下の子を見守るかのように優しく微笑んだ。同い年だと教えたら驚きそうだ。

個人的にはロッティこそ大人びすぎていると思うのだが。

口にこそ出さないものの、フィルは意外な同行者を訝しんでいるようだ。なんで連れてきた？

と言いたげに、私へ視線をよこす。

ロッティと一緒に来ることになったのは、ただの偶然だ。断る理由が思いつかず、その場の流れで連れてきてしまった。

巻き戻り前のロッティは、『悪女マグノリア』の噂を鵜呑《うの》みにしていなかった。比較的冷静な視点で見ていたと記憶しているので、マグノリアと接触したところで害にはなるまい。

二人の反応から察するに、これが初対面のようだし。

「あっ！　お茶！　お茶を用意しなきゃ！　メア、ちょっと来てー！」

マグノリアが大きな声で呼ぶと、屋敷がある方角からメアが駆けつけてきた。

『リトル・ティーガーデン』での給仕《きゅうじ》は他のメイドに任せ、屋内で作業していたらしい。

「どうされました？　お嬢様」

「お客様が増えたの。追加で紅茶をお願いできる？」

「ええ、承知しました！　美味しいお菓子も用意しますからね」

メアは新しいお客様……つまり私とロッティを見て、わずかに瞳を開いた。

「どうかしたの？」

「いえ、お嬢様が同年代の女性の方を招かれるなんて、珍しいと思いまして」

「マグノリアが招いたのではない。私が了承を得ずに勝手に連れてきたんだ」

メアの誤解を解くために話に割って入る。

「ああ……！　そういうことでしたか」

「バーネット侯爵家のご令嬢よ。とびきり美味しい紅茶を用意してね」

「え……!?」

マグノリアの口から飛び出した侯爵家という言葉に、メアはさらに驚いたようだ。

ひどくうろたえた様子で、ロッティの方をもう一度見て、再びマグノリアへ視線を戻す。

「そ、それは……大変ですね。最高級の茶葉を用意してまいります」

「よろしくね。それと、メアのクッキーはある？」

「ええ……ええ、もちろん。山ほど焼いてありますよ」

「じゃあ、全部持ってきて！」

メアが焼くクッキーが大好きなマグノリアは、小躍りしそうな勢いだ。

私たちに一礼した後、メアは他のメイドを連れて屋敷へ戻っていった。

「レイ」

フィルが小声で私の名を呼んだ。続けて胸元を叩くジェスチャーをする。

彼の視線を追って、私はマグノリアを見た。

なるほど、ペンダントか……

また新たな『悪女化の芽』が生まれたようだ。

フィルがこっそり親指を立てている。『悪女化の芽』の原因はわかっているのだろう。

私は「了解」の意味を込めて、小さく頷いた。

やがて、メアが紅茶とお菓子を運んできた。私たちは丸いテーブルを囲み、席に着く。

侯爵令嬢を相手に緊張しているのか、メアはかすかに震えた手つきでロッティの前へ紅茶を置いた。

一通り並べ終えたメアが下がると、ロッティは口を開いた。

「突然お伺いしてしまって、申し訳ありませんわ」

「いえ、全然！　気になさらないでください」

ロッティが謝罪すると、マグノリアは両手を横に振った。

「……」

侯爵令嬢であるロッティの手前、フィルは不用意な発言をしないよう空気に徹《てっ》することにしたみたいだ。

最初は同席することも断っていたのだが……マグノリアの説得でしぶしぶ椅子に座っている。

紅茶を飲む前に、私はここに来た経緯を説明することにした。

「交流パーティーでご令嬢に囲まれそうになっていたら、ロッティ嬢が助けてくれたんだ。事前に訪問する旨を伝えず、すまない」

「別にいいわ――いいですよ、殿下」

砕けた口調で話しかけたマグノリアが、慌てて敬語に直す。

ロッティは眉をひそめるどころか、クスッと笑った。

「皆様、わたくしに気を遣わずとも結構ですわ。普段通りになさってくださいませ。殿下とマグノリア嬢が親交を深めていらっしゃるのは存じておりますし、わたくしも皆様と気兼ねなくお話ししたいですもの」

私がマグノリアに惚れ込んでいる……という噂か。ロッティは知っていたようだが、気に留めている様子はない。

父であるキャリントン伯爵が療養しているため、マグノリアは他の貴族家と交流する機会が少ない。一方で、ロッティは侯爵と共によく貴族の集まりに顔を出していた。噂話を聞くこともあるだろう。

わざわざキャリントン伯爵家についてきたのは、単純にマグノリアに会ってみたかったからか？

「……ね？　仲良くしましょう、マグノリア嬢」

ロッティがマグノリアに右手を差し出す。マグノリアは嬉しそうにその手を握った。

「私、女の子の友達ができるの初めてです！　よろしくお願いします、ロッティ様」

「ふふ、堅苦《かたくる》しいですね。敬語も敬称も結構ですわ。その方が話しやすそうですもの」

「えっ……ロ、ロ、ロッティ……様」

どうやらロッティの申し出は、マグノリアにとってハードルが高かったらしい。

侯爵令嬢をいきなり呼び捨てにしろというのも難しい話だ。

「馴れたら呼んでくださいね……それから、フィルさん？」

ロッティはフィルにも声をかけた。固まっていたフィルがわずかに動く。

「よろしくお願いしますわ。身分など気にせず、話してくれると嬉しいです」

「……はい」

フィルは疑うような眼差しで返事をした。

おそらくロッティは本心から言っているのだろうが……どちらにせよ、フィルは大して態度を変えないだろう。もともと社交的な性格の男ではない。

その後、フィルはメアが焼いたクッキーを無心に食べるばかりで、ほとんど会話に混ざることはなかった。


私たちが雑談をしていると、伯爵家の庭園が話題に上がった。

「――まあ。それではここの立派なお庭は、マグノリアさんが世話を？」

「はい、あっ、ええ。まだまだ未熟なんだけどね」

ようやく緊張がほぐれてきたようで、マグノリアの口調が砕けたものになる。

「そんなことないわ。わたくしにはない才能よ。羨《うらや》ましいわ」

「えへへ……なんか照れちゃうわね」

マグノリアが頭を触り、恥ずかしそうに顔を赤らめた。

「名前もマグノリアというお花から取られたのでしょう？」

「お母様がマグノリアの花が大好きだったの。『名前は親が子に与える一番最初のものだから、大好きの気持ちを贈りたかったのよ』って言ってたわ」

「まあ、素敵なお話ね。ご両親は、とても大切にあなたを育てられたのね」

ロッティは目を伏せ、カップに口を付けた。紅茶を楽しむ姿勢さえ隙がなく、まるで絵画《かいが》を見ているようだ。

「ロッティ嬢の名前の由来を聞いてもいいか？」

私はロッティに尋ねた。

自分のことを聞かれると思っていなかったのか、彼女がわずかに目を開く。そしてカップをソーサーの上に戻した。

「わたくしですか？　……ロッティには『自由《じゆう》な者《もの》』という意味がありますわ。両親はわたくしに、型にはまらず思うがままに生きてほしいと願ったのだと思います」

「ロッティ……様のご両親も愛情深いのね。素敵な由来だわ」

「……そうね。ふふ……どうもありがとう」

ロッティがクッキーを手に取り、パキッと半分に割った。

マグノリアが「そのクッキー、すごく美味しいのよ」と嬉しそうに話す。

ロッティはきれいな仕草でクッキーを口に含んだ。

「……とてもおいしいですわ。我がバーネット家のシェフが作るものと同じ味がします」

「それは光栄ね。メアに侯爵家のシェフに匹敵《ひってき》するクッキーだと言ったら、きっと喜ぶわ」

大好きなメアのクッキーが認められて嬉しそうに微笑むマグノリアを、ロッティはじっと見つめる。そしてクッキーを自らの皿に置いた。

「マグノリアさん、口端にお菓子の欠片が付いていますわ」

「えっ⁉　どこ？」

「そちらではありませんわ。ふふ、なんて可愛らしいのかしら」

見当違いの場所を拭うマグノリアに、ロッティが手を伸ばした。そして欠片を拭き取る。

マグノリアは礼を言いながら、また顔を赤くした。

しばらくすると、バーネット家の御者がティーガーデンにやってきた。

そしてロッティに耳打ちした。

「あら……もう時間だったのですね。わたくし、そろそろ戻らなくては」

席を立つロッティに、私は頭を下げる。

「ロッティ嬢、今日はありがとう」

「感謝されるほどのことではありませんわ。本当は、わたくしもあのパーティーを抜け出したかったのです」

ロッティが少し悪戯《いたずら》っぽく口元を緩めた。私に気を遣わせないように言ってくれたのだろう。

「それでは、王太子殿下、マグノリアさん、フィルさん。またお話しいたしましょうね」

最後まで丁重に別れの挨拶を述べ、ロッティは帰っていった。

その姿が見えなくなると、ずっと黙っていたフィルが口を開く。

「……同い年でこれだけ違うもんかね。なあ、マグノリア？」

「えっ、ロッティ様って私と同い年なの⁉」

あまりにロッティのマナーが完璧なものだから、絶対に自分より年上だと思っていたようだ。

貴族令嬢としての出来の違いにショックを受けてしまい、落ち込んでいる。

「フィル、意地悪を言うな。マグノリアもロッティ嬢もそれぞれに個性があっていいだろう」

「個性って便利な言葉があってよかったな、マグノリア」

肩を落としていたマグノリアが、フィルのからかいにむうっと口をへの字に曲げる。

フィルはフンと鼻で笑って、その怒りを一蹴《いっしゅう》した。

「それよりレイ。聞いてほしい話がある」

「ん？　どうした？」

「ピアノ教師がマグノリアに暴力を振るってるらしいんだ」

「なんだって？　暴力？」

フィルから詳しい説明を聞く。

……なるほど。ピアノ教師によるいじめが新たな『悪女化の芽』か。

今までの嫌がらせの中にも、マグノリアを怪我させようとするものはあった。だが、それらは未《み》遂《すい》で阻止してきたのだ。まさか被害を与えてしまうなんて……

一通り話を聞き終えると、冷たい感覚が身体に広がった。

マグノリアが困り顔をする。

「二人して心配するほど大袈裟《おおげさ》な話じゃないわよ！　少し痣になってるくらいで……」

「痣？　どこに？」

私は矢継ぎ早に尋ねた。

「二の腕よ。見せられないけど……」

マグノリアが左腕を隠すように右手で触れる。

そのドレスの下にどれほどの痣が広がっているのかはわからない。だが、女性の身体に傷をつけるなど言語道断《ごんごどうだん》だ。

「フィル、お前が手を出す必要はない……私がやろう」

「なんだよ、いいとこ取りか？　俺だって、そいつをぶん殴ってやらねえと気が済まねえんだけど」

　私たちの話を聞いて、マグノリアが青ざめる。

「落ち着いてよ、二人とも。やり返さなくていいのよ！　ピアノの先生、女の人なのよ。怪我をさせたら可哀想だわ」

「そうか……じゃあ、仕事ができないように腕を折るのはどうだ？」

「それなら殴った方がマシよ！　っていうか、痛めつけないってさっき約束したじゃない！」

　ピアノ教師を捕らえることは急務だな。

　フィルたちのやり取りを横目に、私は遠くで控える部下を呼んだ。そして、ピアノ教師の身柄を必ず押さえるよう命令を出しておく。

「マグノリア、メアには相談しなかったのか？」

「え？　……うん。メアに心配かけたくなかったから」

「だが、着替えを手伝ってもらうだろう？　痣は気付かれなかったのか？」

「痣が見えそうな時は、後ろを向いてもらってたし……」

「そうか……」

ひとまず納得してみせたが、どうにも腑に落ちない。

マグノリアの世話をするメアが、こうも気付かないことなんてあるのか？

いくらマグノリアが隠していたとはいえ、彼女なら不審に思って探りそうなものだが……

二人は主人とメイドの関係を超えて、まるで母と娘のように深い絆で繋がっている。マグノリアの異変には敏感《びんかん》に反応するだろう。

キャリントン伯爵が薬によって錯乱していた時も、メアはマグノリアのことを心から案じていたようだった。

しかし……

慕っているメアがもし裏切っていたら、マグノリアのショックは計り知れない。つらいなんてものじゃないだろう。

正直、メアが犯人だとしたら、かなり辻褄《つじつま》が合ってしまう。

マグノリアへの嫌がらせは、基本的に伯爵家内部かその周辺で起きていた。

内部の事情をよく知るメアなら、上手く立ち回ることができるだろう。

私とフィルが気付かないのも納得がいく。

マグノリアから絶大の信頼を寄せられているメアについて、私は犯人候補から外していた。

彼女が犯人とは思いたくない気持ちが、目を曇らせていたのかもしれない。

今までメアに疑いの目を向けていなかったが、マグノリアの身体の異変に気付かないなんて……

私の中で不信感が募《つの》る。

「おーい、レイ。考え事は後にしてくれよ」

フィルが呆れた顔をして私の前でヒラヒラと手を振る。

「すまない。紅茶も冷めてしまったな。淹《い》れ直してもらえないか」

「じゃあ、メアを呼ぶわね。メアー！」

マグノリアが呼ぶが、先ほどと違い、どれだけ待っても来る気配がない。

「あら？　聞こえないのかしら？　他のメイドに頼んでくるから、ちょっと待っててね」

マグノリアが屋敷へ駆け出していく。

私たちといる時、彼女は少し離れたところに使用人たちを待機させることが多かった。

できるだけ気楽に話したい、ということらしい。

待つこと数分。マグノリアが『リトル・ティーガーデン』に戻ってきた。肩で息をしていること
からも、よほど急いできたことが窺える。私は椅子を引き、マグノリアに座るよう促した。

「そんなに急がなくてもよかったのに」

「え、へへ……みんなと話す時間、減っちゃうの嫌だなって……」

「ハハ、可愛らしいことを言うな」

「かわ……」

私が笑うと、マグノリアが固まった。

「可愛い」と言われたことにひどく驚いたようで、目を丸くし、頬をりんごのように赤く染める。

そんな初々《ういうい》しい反応も微笑ましい。

「そうだな。主人に褒められたイヌみてえで可愛いわ」

「な、なんですってえ⁉」

フィルが憎まれ口を叩くと、マグノリアの表情は一変し怒りに燃え上がった。

ポカポカとフィルの肩を殴る。

まるで兄妹喧嘩だな……二人を宥めていると、メイドが新しい紅茶を用意してくれた。

それぞれが席に着き、再びティータイムが始まる。

「気になってたんだけどさ、レイ。お前、今日の交流パーティー抜け出して大丈夫だったのかよ？」

「父上に嫌味を言われる覚悟はしてるさ」

「ねえ、ロッティ様の前だから聞かなかったけれど、交流パーティーってなんなの？」

マグノリアが前のめりに聞いてくる。私は紅茶で喉を潤《うるお》してから、その質問に答えた。

「貴族を集めた親睦会のようなものだ。本来ならキャリントン伯爵と君も招待されるはずだったんだろうが……伯爵の体調がまだよくないから、今回は見送ったようだな」

「親睦会？　そんなことしてたのね」

「まあ……確かに異例だな。私の婚約者候補を見つけろということらしくてな。迷惑な会なんだ」

「えっ？」

フィルが目を見開く。

「本当か？　レイ、もう婚約するのか？」

「私がマグノリアと仲がいいと噂になっているからな。父上も気になってきたみたいだ」

私の返答を聞き、フィルは複雑そうな顔をした。考え込むような仕草を見せつつ、口に含んだ菓子を咀嚼《そしゃく》している。

一方のマグノリアは、苦手な食べ物を出された子どものようにぎょっとしていた。

私は話を続ける。

「あまりに退屈だったから、テラスに避難していたんだ。しかし、そこに令嬢たちがやってきそうになってな。居合わせたロッティ嬢が抜け出すのに手を貸してくれて……」

思い出してみても、品行方正なロッティにしては意外な提案だった。イメージがかなり変わった気がする。

「レイ、ロッティ様とはもともとお知り合いだったの？」

「ん？　ああ、知り合いと言うほどではないが。昔、少しだけ話をしたことがあってね」

「ふーん……そうなの……」

マグノリアは唇を尖らせた。

「で？　婚約の話は？」

フィルに問われ、私は一瞬沈黙する。

私が誰かと婚約したいと言ったところで、じゃあどうぞと父上が簡単に頷くはずもない。なんならおもちゃにされそうだ。婚約者の選定について、私に決定権はない。

この国を思い、民を重んじ、王太子妃の役目をしっかりと果たしてくれる女性であればありがたいが……

「さあ……そのうち父上から呼び出されるんじゃないか？」

「……レイは、その……どう考えてるの？　婚約のこと」

マグノリアが私の顔色を窺いつつ尋ねてくる。

大してデリケートな話題でもないのだから、こうも慎重に尋ねてこなくてもいいのに。

「私は——」

「失礼いたします。王太子殿下、お迎えの馬車がまいりました」

私の言葉を遮ったのはメイドの声だった。

そういえば、キャリントン伯爵家に到着した際、城に迎えを寄越すよう伝言をお願いしておいたのだった。

どうやら滞《とどこお》りなく来てくれたようだ。

私は立ち上がり、フィルに声をかける。

「わかった。帰るぞ、フィル。父上に言い訳しないといけないからな……マグノリア、今日は急に訪ねてしまってすまなかった。またな」

「じゃあな、マグノリア」

「う、うん……またね」

マグノリアは名残惜しそうに手を振った。


キャリントン伯爵家からの帰り道。馬車の中で、頭の後ろで手を組んだフィルが口を開く。

「交流パーティーだのなんだの、また国王様に振り回されて大変だな。同情するわ」

「今に始まったことじゃないからな。私に自制心がなかったら、とっくに反旗《はんき》を翻《ひるがえ》していた」

「ハハ。それ、いいな……ま、結局のところ、レイの婚約者はロッティになるのな」

「理想はそうだろうな。ただ……マグノリアになる可能性も十分ある」

フィルがピクッと眉を上げる。琥珀色の瞳が獲物《えもの》を狙うように鋭く光った。

「……お前、国王様がマグノリアと結婚しろって言えば、本気で婚約するつもりか？」

「前にも言ったが、私は誰でも構わない。マグノリアがこのまま悪女にならないなら、別に問題ないだろう」

「……」

フィルの眉間にこれでもかと皺が刻まれる。

こいつはマグノリアとはかなり打ち解けたと思っていたんだが。私と結婚するとなるとさすがに反対なのか？

「ずいぶん嫌みたいだな。私とマグノリアが婚約するのが」

「別に。ただマグノリア姫《ひめ》に絆《ほだ》されやがったなと思ってよ」

馬鹿にした口調でフィルが言った。

「絆されたわけじゃ……」

そう反論しかけて、口ごもる。

私たちは『悪女マグノリア』を救うべく、時を巻き戻ってきた。

『悪女化の芽』は順調に摘んでいて、マグノリアも悪女になる様子を見せない。

巻き戻り前の『悪女マグノリア』と婚約していたら、王家の信頼が揺らいでしまっていただろう。

あの頃は選択肢に入ることはなかったが、今のマグノリアなら不都合はないはずだ。とはいえ、伯爵の体調や家の格を考えると、あまり歓迎できる話でもないが。

フィルは苛立っているようだ。馬車内の空気がピリつくのを肌で感じる。

「じゃあ、俺がマグノリアを娶るわ。そしたらバーネット侯爵令嬢サマと晴れて政略結婚できるぜ。あいつに絆されたわけじゃねえなら、この条件を呑めるだろ？」

険悪な空気が漂う中、フィルが意外なこと言い出した。

「どうしたんだ？」

「なんだ？　悪い提案じゃねえだろ。メリットを考えれば当然、お前はロッティと婚約するはずだ。違うか？」

「フィル……」

何を熱くなっているんだ、こいつは。窘めるが、フィルはよほど頭に血が上っているらしい。さらに私を詰《なじ》る。

「結局、お前はマグノリアに絆されたんだよ、情けねえ。レイの目的はマグノリアを悪女にさせねえことだろ。履き違えんなよ」

フィルは腕を組み、指をトントンと叩いている。なぜこんなにも怒っているのかが掴めず、私は困惑した。額に手を当て、思案する。

マグノリアと婚約する可能性があることか、あるいは私に婚約者を選ぶ意思がないことか。それとも、本気で私がマグノリアに絆されたことを懸念しているのか……いや、まさか――

「フィル……もしかしてお前、マグノリアを取られるのが嫌なのか？」

「はあ？　そんなわけねえだろ！　あいつは俺の天敵だぜ、忘れたのか？」

「覚えてるよ。でもそれは『悪女マグノリア』の話だ。今は違う。お前の方こそ、今のマグノリアに絆されている事実を認めたくないいんじゃないか？」

私の指摘に、フィルは顔を真っ赤にした。

「……！　馬鹿言うんじゃねえ。そんなのありえねえよ！」

言葉に詰まったところを見るに、どうやら図星だったようだ。

「少なくとも私には、フィルは今の彼女を気に入ってるように見えるがな……自覚はなくとも、だ」

「……」

フィルは完全に沈黙した。

友人の人生を壊した、一生許すはずがないと思っていたマグノリアに、他でもない自分自身が心を許しかけているのだ。

こいつは友達想いのやつだ。私がマグノリアと婚約する可能性を示唆《しさ》したことで、無意識に彼女の意思が尊重されないかもしれないと心配したのだろう。それだけ、彼女と仲良くなっている証でもある。

ようやく怒りの理由を理解できた。

フィルは私の言葉を頭の中で噛み砕いているのか、それとも自分が絆されたという事実を認めたくないのか、ずっと考え込んでいる。

……まあ気持ちはわからなくもない。しかし、『悪女マグノリア』と今のマグノリアはもはや別人なのだ。あとはこいつが気持ちに折り合いをつけられればいいが。

やがて、ガタンッと音を立てて馬車が停止した。

「到着しました」と外から御者の声が聞こえる。

すると突然、フリーズしていたフィルが動き出した。抜《ぬ》け殻《がら》のようにフラフラと馬車から降りて、何も言わずに去っていく。

「お、おい……フィル」

背中から声をかけたが、聞いているのか聞こえていないのか……まるで反応せず、城の中へ消えていった。

……あれは少し、時間が必要かもしれない。

先ほどの指摘がよほどショックだったらしい。あんな姿は初めて見た。

フィルが気持ちに整理を付けられるまで、そっとしておくべきだろう。

私はそう心に決め、馬車から降りた。すると——

視界がブラックアウトし、パキン！　と爆音が響いた。

……どうやら『悪女化の芽』を摘んだらしい。

おそらく、ピアノ教師の件が片づいたのだろう。

ちょうどサイラスが駆け寄ってくる。

「殿下！　伯爵家に付けている監視から、連絡が」

「マグノリアのピアノ教師の件か？」

「左様でございます。残念ですが、今回も後手に回り……死体で見つかったそうです」

「……そうか」

いくらなんでも敵の対応が早すぎる。私がピアノ教師の身柄を押さえろと命令してから、そこまで時間は経っていないというのに。

まさか事情を聞き出すところを誰かが盗み聞きでもしていたのか？

私はサイラスに、この数時間内に伯爵家から外に出ていった者を洗い出すよう命じた。

これで手がかりが得られるはずだ……そう自分に言い聞かせ、私は執務室に向かうのだった。

❖　◇　❖

【マグノリアの手記】

また、不思議な夢。

私の身近で何かが起こるたびに、夢を見るの。

まるで、別の私が実際に経験したみたいに鮮明に思い出せるわ。

今日はピアノの先生の夢を見た。

夢の中の私が、先生から同じように暴力を振るわれていた。

その人は指導と言っては、私の二の腕を思い切り抓るの。痣になるほど何度も強く。

現実の私はレイたちが帰った後、メアにお願いして、先生を代えてもらうことにしたわ。

でも、もう一人の私は違う。

……夢の中の私は、やられたらやり返さないと気が済まなかったの。

いいえ、やり返すなんて生易《なまやさ》しいものじゃない。相手を完膚《かんぷ》なきほど叩きのめさないと、許せなかった。

ある日、いつものようにレッスンを終えた先生が満足そうに帰っていった。

夢の中の私は、先生が乗る馬車に仕掛けを施していたの。

馬の機嫌がとても悪かったのに、先生はなんの疑いもなく馬車に乗り込んだ。

案の定、御者がほんの少し離れた間に馬が暴れ出した。先生を乗せたまま猛《もう》スピードで走り出したの。

私の仕掛けで扉が開き、先生は馬車の外に放り出されたわ。

なんとか一命を取り留めたけれど、骨をたくさん折って……もう二度とピアノを弾けなくなってしまったようだった。


夢の中の私は、先生のお見舞いに行った。多分、彼女がどんな顔をしているか見てみたかったんだと思う。

先生は私が馬車に細工をしたのではないかと疑ってきたわ。驚いた私は、たまたま持っていた分厚い本をうっかり彼女の手に落としてしまったの……本当は、うっかりなんかじゃないけれど。

骨が折れたところに当たって、先生は悲鳴を上げた。

それを見たもう一人の私は、醜い顔で大笑いしたのよ。ゾッとするくらい、ひどい顔だった。

「本当ならあなた､死んでるはずだったのに。運がよかったのね。次はもっと上手にやるわ。『もっと上手にやれ』ってあなたの口癖だったじゃない……もちろん、これはピアノの話よ」

そう言いながら、先生の二の腕を抓ったわ。痣になるくらい何度も。私がされたように。

先生はベッドの上でぶるぶると震えて、涙と鼻水を流しながら私に謝ってきた。

「いいわよ、許してあげる。寛大《かんだい》な心で謝罪を受け取ってあげるわ。仲直りの印に、あなたにピアノを贈るわね……あら、もう弾けないんだったわね。アハハハハ！」

もう一人の私は、まるで悪女のよう。高笑いする自分そっくりな彼女を見ていられなくて、目を塞ぎたいのに、夢から覚めたいのに……起きることはできず、夢の中の出来事は最後までしっかり私の意識に刻まれた。

どうしてこんな夢を見るのかしら。実は嫌な目に遭った時の気持ちを無意識に引きずっているとでも言うの？

もうこんなの見たくない。夢の中の私は――とても苦しそうだから。

❖　◇　❖

マグノリアに絆されている……レイにそう言われてから、数週間が過ぎた。

俺はあいつの従者だ。

当然あれからもレイと顔を合わせているが、必要事項以外は話せていない。

サイラスが俺らの様子に気付き、早く仲直りしろと何度もせっついてくるが……別に喧嘩してるってわけでもねえから謝るのも変だし、どうしようもない。レイの方も同じことを思ってるみたいで、なんか微妙な雰囲気だ。

マグノリアのことで言い合いなんてするんじゃなかった。絆されているのはお前だと指摘され、俺はしばらく立ち直れなかった。

まともに言い返せない。それって図星を指されたってことだろ……認めたくねえ。絶対に認めたくねえけど。

『悪女マグノリア』と今のあいつが別人ってことは百も承知だ。でもまだ心が割り切れない。

俺が今のマグノリアを認めちまったら、『悪女マグノリア』に人生を壊された友人――カイリを裏切る気がして。

……でも、ずっと逃げてるわけにはいかない。ちゃんとけじめをつけないとダメだ。

……いい加減、認めるべきなんだ。

「俺は……」

今のマグノリアを大切な存在だと思っている。

友人のような、妹のような、守るべき存在だと。

俺がレイに苛立った理由は、あいつがマグノリアと好きで婚約するわけじゃないことに不満を持ったからだ。レイやロッティと違って、マグノリアは政略結婚だからと割り切れるタイプじゃない。

もっと大事に扱えよ、ぞんざいにするな……そう、思ったから。

「……あーあ。ついに認めちまった」

「フィル？」

すると、背後から今まさに思い浮かべていた人物——マグノリアの声が聞こえてきた。

思わず身体をびくっとさせる。

あいつについて考えすぎて、ついに幻聴《げんちょう》が聞こえるようになったか、俺。落ち込みかけるが、わずかに残った冷静な思考が引き留める。

ここは王城の中庭だ。普通に考えたら、マグノリアがいるはずがない。いるはずないが……

まさかと思って振り返り、俺は目を丸くした。

「なんでお前……ここ、城だぞ!?」

そこにはやっぱりマグノリアがいた。

「知ってるわよ。お父様の体調が回復したから、一緒に国王様へご挨拶に来たの。レイにもすっごく助けてもらったわけだし、ちゃんとお礼を言わないと」

「回復って……もういいのか？」

「うん。痺れも取れて完全復活。またお父様と話せるようになるなんて……！」

マグノリアは嬉しそうに笑い、親指をぐっと立てる。

しかし肝心のキャリントン伯爵の姿がない。俺は周囲を見回すが、このあたりにはいないようだ。

「あ、お父様？　お父様はまだ国王様とお話ししてるわよ。私は先に出てきたの」

「ふーん。で、ここへ時間潰しに来たってわけか」

俺が言うと、マグノリアは頷いた。

「まあね。それよりさっきお父様と話してたんだけど……例の小包のこと、まだ覚えてる？」

「ああ……忘れたくても忘れらんねえわ」

伯爵の様子がおかしくなった時に入ったあの部屋。大量のゴミと異臭悪臭のマリアージュ。思い出しただけで吐き気がしてくる。

「あの小包、お父様も誰から届いたのかわからないんですって」

「……ん？　そうなのか？」

「お母様がいなくなって、お父様は体調を崩していらっしゃったわ。だから薬は呑んでいたんだけど……あんなの注文していないって。怪しいことはわかっていたのに、その薬を見た途端、それが欲しくて堪らなくなったらしいの。それを服用してからは、現実と幻が曖昧《あいまい》になっていったみたいで――」

「いや、おかしくねえか？　なんで手を出しちまうんだよ」

マグノリアの説明に釈然《しゃくぜん》とせず、俺は言葉を遮った。

「うーん……あれって特殊な成分が入っていたけど、睡眠薬なんでしょ？　もしかしたら使用人の誰かが、間違えた薬を食事に混ぜちゃったのかも。中毒性があるものだったから、知らず知らずのうちに求めるようになってしまったのね」

伯爵の証言が真実なら、マグノリアの推論は正しいだろう。

あの薬は一般的な睡眠薬だった。しかし特殊な成分が含まれていて、伯爵の体調を悪化させていたのだ。

ただの睡眠薬だから、よかれと思って混入した使用人がいる可能性もなくはない。事前に断りを入れろよ、とは思うが。

善意にしろ悪意にしろ、食事に薬を混ぜた人物が伯爵家の中にいるはずだ。

使用人の誰かだろうけど……犯人候補が多すぎて絞り込むのは難しい。四年以上も前の話だしな。

マグノリアが話を続ける。

「実は気付いたことがあるの。この前のピアノの先生も、いつかのバイオリン教師も、ただの不運なんかじゃない」

つい最近、マグノリアは伯爵とここ数年の思い出話をしたのだという。話しているうちに、自分の周りで不可解な出来事が相次いでいることを実感したそうだ。

「フィルとレイに相談すると、いつも悩みが解決したわ。二人とも、よくごまかしていたけど……本当は私、誰かからずっと嫌がらせを受けているのね？　フィルたちはそれを止めてたんでしょ？」

必死に言い訳してきた俺たちの苦労は、報《むく》われなかったようだ。

マグノリアは向けられた悪意をちゃんと見抜いていた。

……どうやら見くびっていたらしい。

確信しているみたいだし、嘘をついたって仕方がない。俺は大人しく白状する。

「あー……俺さ、レイみたいに上手く嘘をつけねえんだよ。俺もあいつも、お前に傷ついてほしくなくて黙ってたことは理解してくれよ」

マグノリアは頷き、俺の頼みを了承した。

「マグノリアの言う通りだ。お前はずっと誰かに狙われている」

「……それが誰か、わからないの？」

「俺たちも捜してるんだ。でも、犯人の尻尾さえ掴めねぇ。厄介な相手なんだ」

「そうなの……」

マグノリアが複雑な表情を浮かべる。

……そりゃ、気味が悪いよな。正体不明のやつから、何年も嫌がらせを受けるなんて。本当に不《ふ》憫《びん》だ。

「よかった」

ところが、マグノリアの口から出てきた言葉はポジティブなものだった。

「ん？　落ち込むとこじゃねえのか？」

「ふふ。普通はそうかもね。でも私、もともと嫌がらせされているんじゃないかって思う時があったの。正直、周りにいる人たちをあまり信用してなかったかも。あっ、フィルとレイとメアは例外ね！　……だからそれが間違ってなかったってわかって、スッキリしたの」

マグノリアは清々《すがすが》しい表情をしている。無理して言っているわけではなさそうだ。

すぐにピーピー泣き出す、か弱い子どもだと思っていたのに……マグノリアの成長にこっちが驚かされる。

「……お前、結構強いのな」

「当然。だって私はマグノリア・キャリントンよ！」

凛《りん》とした顔つきで、マグノリアが胸元に手を当てた。噂で聞いていた『悪女マグノリア』を彷彿とさせる、堂々とした立ち居振る舞いだ。

同じ――だけど、違う。

今のマグノリアには、巻き戻る前の面影はない。明るく、自信に満ちた表情だ。

何より、こいつが人を傷つける人間ではないことは、他ならぬ俺が知っている。

『悪女マグノリア』は、どこにもいない。

それを理解して、俺はやっと……ちゃんと、マグノリアを受け入れることができた。

「そうだな。お前は……間違いなく、マグノリア・キャリントンだ」

俺がそう言えば、マグノリアは嬉しそうに微笑んだ。

第五章　掻き回す者たちと掻き回される者たち

私は国王である父上に呼び出され、謁見《えっけん》の間《ま》にやってきた。

本来ならフィルがついてくるところだが、数週間前のいざこざが尾を引いていて、ここ最近はろくに話せていない。

今日は天気がいいから、城の中庭にでも出ているんだろう。わざわざ捜しに行くほどでもないので、一人でここへ来た。

謁見の間に入るのは久々だが、相変わらずこの部屋は好きにはなれない。城の中でも大きな部屋の部類なのに、ひどく閉塞感《へいそくかん》を覚えるからだ。

玉座まで続く真っ赤な絨毯《じゅうたん》を進む。金に縁《ふち》どられた玉座の奥の壁には、我がカルヴァンセイル国の国旗が飾られていた。

歩いていくうちに違和感に気付いた。玉座に足を組んで座る父上、その手前に誰かいるのだ。

あれは……キャリントン伯爵か。私は目を丸くした。

いつぞやの浮浪者のような姿ではなく、身なりを整えた貴族らしい装いだ。穏やかな顔つきで父上と談笑している。

伯爵を診ていた城の医師から、完治したとの報告を受けていたが……もう挨拶に来ていたのか。

「来たか、レイ」

「遅くなり申し訳ありません」

私は父上に挨拶をして、伯爵の隣に立った。

伯爵がこちらに頭を下げる。

「殿下がいろいろと便宜《べんぎ》を図ってくださったとのこと、娘から聞きました。本当にありがとうございます」

「頭を上げてくれ。私がやりたくてやったことだ」

そう返し、私は父上に向き直った。

「それで、お話とはなんでしょうか」

「お前の婚約者の件よ」

私は隣の伯爵を一瞥《いちべつ》し、再び視線を父上に戻した。

「正直に答えよ。お前は誰と婚約するべきだと考えておる？」

伯爵の前でわざわざ聞くなどとは性格が悪い。

誰と婚約するべきかと問われたら、私の答えは決まっている。

「それなら……ロッティ・バーネット侯爵令嬢です」

伯爵ががくりと項垂《うなだ》れた。おそらく父上は、挨拶に来た伯爵をわざとこの場に残したのだろう。

こうして婚約の話を振られれば、誰だって自分の娘に話が来たと期待するはずだ。

私がロッティと答えることを、わかっていて聞いているのだ。玉座に座るこの男は。

「ふはは、キャリントン伯爵の前でもハッキリと言うのだな。酷《こく》な男よ」

無意味に期待させるのと、どちらが酷かと小一時間ほど問いたい。

「言わせたのはあなただろうが」と口にしそうになるのを無理矢理呑み込む。

父上の表情からスッと笑みが消えた。

「だがつまらん。相変わらずつまらぬ男よ。そしてお前の言う通りロッティ嬢に決めるのは、もっとつまらん……なあ、そう思わぬか、キャリントン伯爵よ」

「はっ、はあ……そ、そうかもしれませんね」

同意を求められ、伯爵がハンカチで汗を拭った。

父上の酔狂を知らないのだ。振り回されている姿は、見ていて心が痛む。

「レイよ、お前はマグノリア嬢を好いているのではなかったのか？　お前が惚れ込んでいるという噂の真偽を問うた時、肯定したはずだが」

……確かに。説明するのが面倒で、認めた記憶がある。

それに、もし否定したところで父上は信用しなかったと思う。

父上は私の性格を熟知《じゅくち》している。不用意に令嬢と噂になるような真似をするとは考えないだろう。

「マグノリア嬢と親交を深めたいと思っていることは事実です」

「……では、惚れてはいないと？」

「恋慕《れんぼ》の情は抱いていません。誰にも」

伯爵が呆然とした様子でハンカチを落とした。マグノリアや使用人たちから、この数年間の交流について聞いていたのかもしれない。

『悪女化の芽』を摘むための行為だったとはいえ……四年半の歳月は短くない。騙していたようで罪悪感が生まれる。

父上は私の回答を気に入ったようだった。

口を大きく開け、腹の底から笑い出した。

「フッ……ハハハハ！　そうかそうか。お前は本当に国に尽くすためだけに生まれてきたような男よ」

この男のツボは本当によくわからない。

私は真面目に発言しているのに、それをつまらないだの、面白いだの……評価の基準があやふやだ。

……考えるのはやめよう。思考するだけ労力の無駄だ。

「ならば、婚約者の件は保留にしよう……まだ機が熟《じゅく》していないようだ」

一体何がしたいんだ？

父上は肘掛けに肘をつき、背もたれに頭を預けた。ニヤニヤと笑みを浮かべている。

「久々に笑わせてもらった。なあ伯爵よ、酒でも飲まぬか。ワシは今、とても気分がよいのだ」

「はっ……私でよろしければ」

伯爵が頭《こうべ》を垂れると、父上が私に向かって手を払う。

「レイ、もう行ってよいぞ。満足した」

「……失礼いたします」

その指示に従い、私は謁見の間を退出した。

「……やはりこの部屋は嫌いだ」

閉じた扉の前で、誰にも届かない恨み言を呟いた。

❖　◇　❖

「マグノリア様、フィル、国王陛下がお呼びでございます」

俺が城の中庭でマグノリアと話していると、執事のサイラスが現れた。

「ん？　俺も？」

突然のご指名に面食らう。

「ええ。『控えの間で待機せよ』とおおせです」

控えの間とは、謁見の間に隣接する部屋のことだ。

「なんだそりゃ？　また変なご命令だな」

使用人……レイの従者である俺はともかく、伯爵令嬢のマグノリアまで同じ場所で待たせるなんて、何がしたいんだ？

「国王様が呼んでいらっしゃるなら早く行きましょ、フィル」

首を捻《ひね》りながらも、俺はマグノリアと一緒に指定場所まで赴《おもむ》いた。

謁見の間には負けるが、控えの間もかなり広い。一体ここに何十人控えるんだよと言いたくなる。

部屋の中には、国王の趣味と思《おぼ》しき金で縁取られた真っ赤なソファやクローゼットがある。

俺はただの従者だから、ここに座って待つわけにはいかない。

国王は謁見の間にいるようだし、扉のそばで控えてねえと。

謁見の間へ繋がる大扉は常に開放されている。ここで待つ使用人に、謁見の間にいる国王が指示を出すこともあるからだ。

座っていればいいだろうに、マグノリアも俺に付き合うつもりらしい。

柔らかな絨毯が俺たちの足音を消す。意図せず、扉の近くで聞き耳を立てる形になった。

耳を澄ますと、国王とマグノリアの父であるキャリントン伯爵が話しているようだった。

先ほどマグノリアが「お父様はまだ国王様とお話ししてるわよ」と言った通りの状況だ。

なぜこの場に俺が呼ばれたんだ？　まったく理解できない。

「なあ。俺、本当にここに必要か？　陛下たちの話を盗み聞きして、どうすりゃいいんだよ」

「わからないけど、国王様に何か考えがあってのことでしょ」

「その考えがろくなもんだったためしがねえんだよ」

まあ、マグノリアは国王の気まぐれさを知らないだろうが。

「フィル、しっ！　誰か来たみたいだわ」

マグノリアが口元に人差し指を添え、合図する。仕方なく俺は口を閉じた。

「来たか、レイ」

「遅くなり申し訳ありません」

謁見の間にやってきたのはレイだった。

どうやらあいつも国王に呼ばれたようだ。なら、レイの話を聞いてりゃいいのか？

当分出番がなさそうなので、俺は腕を組んで壁にもたれかかった。

「レイだわ」

「んー……」

マグノリアは興味津々《きょうみしんしん》といった様子だが、俺はこの状況を楽しめない。

伯爵と話しているところに、レイまで呼んだ……もしかして、国王はレイの婚約者の話をするつもりなんじゃないか？

でも、わざわざ俺たちを別室に待機させる意味がわからないんだよな。

このあと、マグノリアをサプライズ登場させるつもりなんだろうか。俺は盛り上げ役で、結ばれる二人を囃《はや》すとか……すごく感じが悪い役目だな。

「もしかしたらお前をレイの婚約者に打診《だしん》するんじゃねえか？　伯爵もいるんだし。俺まで呼ばれたのはよくわかんねえけど……どうせなら謁見の間に呼べばいいのにな」

俺が小声で言うと、マグノリアは意外そうに目を瞬《またた》かせた。

「えっ、私ってレイの婚約者候補になりえるの？　勉強とかマナーとか、あんまり得意じゃないわよ？　あの話、本格的に持ち上がるの？」

そういえばこいつ、伯爵が寝込んでいたせいで社交界の噂話に疎《うと》いんだったか。

「まあ……ずっと前から噂になってたしな。もし嫌ならレイに直接言えよ」

「……べ、別に嫌ってわけじゃ……ないけど」

満更《まんざら》でもなさそうで、なんとなく面白くない。

鼻を摘まんでやったら、マグノリアが噛みついてこようとしたので慌てて手を離す。

「それで、お話とはなんでしょうか」

「お前の婚約者の件よ」

予想通り、レイの婚約の話だった。マグノリアの顔に緊張が走って、アイリス色の瞳が大きく開く。

レイの婚約者候補＝《イコール》王太子妃候補だ。重圧は大きいだろうし、果たしてマグノリアに務まるのか……純粋さゆえに、いろんな人に騙されそうになる未来が俺には見える。

「正直に答えよ。お前は誰と婚約するべきだと考えておる？」

……あ。レイに聞くのか。国王が指名するんじゃなくて。

でも、それだと……

「それなら……ロッティ・バーネット侯爵令嬢です」

迷いなくレイがロッティの名を挙げた。

やっぱり。王太子として、家柄とか影響力とかいろいろ天秤《てんびん》にかけたんだろう。

相変わらず生き方にブレがねえ。そう思いつつマグノリアの方へ視線を移し、俺はぎょっとした。

「……！」

マグノリアは目を大きく開いたまま、固まっていた。顔は青ざめていて、感情は読み取りづらい。

「よ、よかったな？　マグノリア。王太子妃は回避できそうだぜ」

とりあえず空気を和《なご》ませようと茶化《ちゃか》したが、失敗に終わった。

マグノリアの耳には俺の言葉など届いていないらしく、呆然としている。

「……」

「マグノリア？」

あまりに様子がおかしい。心配になって名前を呼ぶと、マグノリアがハッと我に返る。

「……あ……そ……そうね……」

それでも、まだ心ここにあらずといった雰囲気だ。

微笑もうとしているのだろうが、あまりにぎこちない。到底、笑顔には見えなかった。

「レイよ、お前はマグノリア嬢を好いているのではなかったのか？　お前が惚れ込んでいるという噂の真偽を問うた時、肯定したはずだが」

「マグノリア嬢と親交を深めたいと思っていることは事実です」

「……では、惚れてはいないと？」

「恋慕《れんぼ》の情は抱いていません。誰にも」

レイは政略結婚に抵抗がなく、国益を優先する現実主義者だ。誰かに恋をする姿など想像できない。

数週間前、馬車の中でもめた時も、あいつは自分の婚約の話なのにあまりにも淡々《たんたん》としていた。

俺が苛立ったのは、その態度が癇《かん》に障ったからだ。

恋に溺れて判断を誤ることなんて、一生なさそうだとさえ思う。

突然、マグノリアが走り出す。向かう先はこの部屋と謁見の間を繋ぐ扉とは逆方向にある出入口だ。俺は咄嗟に引き留めようとした。

「あ、おい！　マグノリア⁉」

俺の呼びかけに応えもせず、マグノリアは飛び出していった。

「なんだ？　一体……」

追いかけようとして、国王から命令を受けていることを思い出す。

今の俺に、控えの間から出ることは許されていない。

「まいったな……」

部屋の中をウロウロと回り、時間を消費する。

マグノリアはどこへ行ったんだ？　国王の指示にはいつまで従っていればいい？　ぐるぐると疑問が頭を巡る。そうしていると、謁見の間から足音が聞こえてきた。

俺はすぐに扉の横に戻り、頭を下げる。視界の端に国王が着るワインレッドの毛皮が映った。

「……どんな反応だった？　傷ついていたか？　それとも怒っていたか？」

開口一番、国王が妙な質問を投げてきた。

「え？」

俺は顔を上げ、間抜けな声を上げてしまう。

「……フハハ、婚約者に選ばれるのは自分だと思っていただろうに。哀れな女よ」

そこまで言われて、ようやく気付く。

国王はレイがマグノリアを選ばないことを知っていた。あいつがロッティを選ぶのを聞かせるために、わざわざマグノリアを別室に呼び出したのだ。

友人を侮辱され、頭に血が上る。

「歪む顔をワシも見たかったのう。せっかくの機会に観客もなしでは勿体ない。本当はお前に事細《ことこま》かに聞くつもりだったが……それより面白いものを見れた。ワシは今、酒が飲みたい」

ギリ、と奥歯が鳴った。こいつは故意にマグノリアを傷つけた。そして、その様子を報告させるために、俺をこの場所に……！

――怒りが煮えたぎる。

奥歯を思い切り噛んで、感情を表に出さないように堪えるのが精いっぱいだ。

「……ふ、お前もなかなかいい顔をする。酒の肴《さかな》がもう一つ増えたわい」

俺の苛立ちさえ娯楽《ごらく》にして、国王が嘲笑う。そして俺の前を通りすぎ、控えの間を出ていった。

「――くそっ！」

怒りを込めて壁を殴る。殴りたかった相手に届かない拳の音は、部屋の中に虚しく響いた。

❖　◇　❖

謁見の間を後にしたはいいものの、私は、行くあてもなく王城を歩いていた。

なぜか身体が重く、とても執務室へ戻る気になれない。

なんとなく花を見たくなって、王城の庭園に足を運ぶ。

我が城の庭園はバラがメインで、赤や白、ピンク、オレンジ、アプリコットと、色のバラエティが豊かだ。ローズガーデンと言っても過言ではない。

キャリントン伯爵家の庭園には劣《おと》るが、訪れる者の評価は悪くない。

馨しいバラの香りが鼻を抜けていく。

気分を落ち着かせていると、庭園のベンチにマグノリアが座っているのが見えた。

俯いているみたいだが、一体どうしたのだろう。

私は声をかけてみる。

「マグノリア？　なぜここに？」

「……！」

マグノリアは顔を上げると、まるで幽霊でも見たかのように怯《おび》えた瞳をした。新たな『悪女化の芽』が出現したのかと咄嗟にペンダントを見るが、バラの花が一輪あるだけだ。

「顔色が悪いな。医師を呼んでこよう」

「いらないわ……結構よ」

マグノリアは断ると再び俯いて、黙り込んでしまった。

いつか、バイオリン教師にいじめられて落ち込んでいた時と同じような……いやそれ以上に元気がない。

「何かあったのか？」

マグノリアは膝の上に手を置き、ギュッと強く握りしめた。

これは、彼女が何かを我慢する時に出る癖だ。

「少し一人にしてちょうだい……今は誰とも話したくないの」

「……わかった。力になれることがあったらいつでも言ってくれ」

いつになく冷たい拒絶を前に、私はそれ以上踏み込むことができなかった。大人しくその場を離れる。

庭園を出る直前にもう一度振り返ってみたが、マグノリアはまだ俯いたままだった。

……胸のあたりが重苦しい。その重みはだんだんと這《は》い上がり、底知れぬ沼に私を引きずり込もうとする。

「サイラス……？」

鬱々《うつうつ》とした気持ちになりつつ城の廊下を歩いていると、私の前に一人の男が立ちはだかった。

サイラスは一礼すると、射抜《いぬ》くような眼差しで私を見た。口を真一文字《まいちもんじ》に結び、眉をキリッと吊り上げている。

その姿は、城を抜け出しては怒られたあの頃を彷彿とさせた。

「不敬であることは百も承知です。しかし、諫言《かんげん》をお許しください」

「構わない。なんでも言ってくれ」

わざわざ前置きするほどだ。よほど言いたいことがあるのだろう。

私は辛辣《しんらつ》な言葉を浴びる覚悟をする。

「なぜ婚約者候補に、マグノリア様をお選びにならなかったのですか？　殿下はあの方に好意を抱いているのだと、私は疑うことなく信じておりました」

なぜその話を知って……いや、あの謁見の間のどこかにサイラスもいたのか。

私がロッティを挙げたことに、強い憤《いきどお》りを感じているようだ。

「……サイラスもわかっているだろう。私は王太子なのだから、婚約者を好きに選べるような立場ではない」

「……」

「マグノリアとロッティ嬢、それぞれの事情を鑑み、この国にとってより利益のあるロッティ嬢を選んだ。それだけの話だ」

サイラスの表情が曇る。

事情こそ知らないとはいえ、彼にはこの数年間、『悪女化の芽』を摘むためにマグノリア絡みでいろいろなことを頼んできた。私が惚れているという噂を信じ、力を尽くしてくれていたのだ。

ロッティを選んだ事実に納得がいかないのだろう。

……胸の中が、さらに重くなる。どうしてここまで沈鬱《ちんうつ》するのか自分でもわからない。

この重みを晴らす手立てを、私は知らない。

「ではなぜ、殿下はそのような顔をしてらっしゃるのですか」

「顔……？」

鏡や窓は近くになく、自分がどんな表情をしているかは確認できない。

指摘されるほどだから、よほどひどいのか。

「誰が見ても、殿下がロッティ様を選ぶことを望んでいらっしゃらないとわかります」

「私は……そんな」

私がロッティとの婚約を望んでいない？　そんなはずはない。彼女との婚約は、王太子としての最適解だ。

『悪女化の芽』を摘む作業は順調で、今のところなんの問題もない。

マグノリアの悪女化を阻止し、巻き戻り前と同じでロッティを婚約者にする。これ以上ないシナリオだ。

……そう、思うのに。胸の苦しさは増す一方で、泥《どろ》のようにこびりついて剥《は》がれない。

「もしご自身の意思で婚約者を選んでいいと言われたら……殿下はどなたを選ばれるのですか」

「……たとえ話をしても仕方がないだろう」

「考えることすら放棄《ほうき》なさるのですね」

「……」

王太子として生まれ、王太子としての振る舞いをするように教えられた。

自らよりも、国の平和のため、民の安寧《あんねい》を思う。それが私の生き方だ。

私がしていることは、サイラスの言う通り、思考の放棄なのか？

……わからない。何が正しいのか、間違っているのか。私が本当に望んでいることはなんなのか。

先ほどからこの身体を襲う苦しさの正体も、何も……

「……殿下のお立場もわかってはいるのです。ですが、ご自身のお気持ちを少しは大切にしていただきたいと……思うのです」

私の気持ちなど、どこにあるというのだ。とっくに見失って、探し出せそうにない。

頭に浮かぶのはマグノリアのことばかりだ。先ほど庭園で落ち込む姿を見たからか、それとも……自分では、答えがわからなかった。

❖　◇　❖

あれから数日が経過した。

執務室で溜まった仕事を片づける。ここ数日は集中力に欠け、書類を読もうにも目が滑《すべ》ってしまっていたのだ。

ある程度区切りがついたところで、私は深く息を吐いた。椅子の背もたれに身体を預ける。

婚約の話が出てからというもの陰鬱《いんうつ》な気分は続いたままだ。それを少しでも楽にしたいとため息をつくものの、ほとんど意味はない。

視界に映るものすべてが灰色に染まってしまったかのように、世界が暗い。

サイラスに言われて熟考《じゅくこう》したものの、自分の気持ちはまだ見つからないままだ。

「おーい、レイ。入るぞ」

もう一度深呼吸をした時、フィルが部屋に入ってきた。

「フィル、その断りは扉を開ける前にするものだ。開けてから言うんじゃない」

「堅《かて》えこと言うなよ。仕事の話じゃないんだが……今ちょっといいか？」

「ああ。構わないが」

フィルは椅子を私の近くに持ってきて、ドカッと座る。そういえば、こいつと仕事以外の話をするのは久々だ。マグノリアのことで言い合いになった日以来か。

「あのさ……悪かったよ。お前がマグノリアに絆されたとか言いがかりをつけて」

フィ、フィルが謝っただと？

私が呆然としていると、フィルは拳を握った。

「いくら王子でも殴るぞ」

とんでもない衝撃だった。フィルがしおらしく……はないが、素直に謝るなど珍しすぎる。

今日は空から槍《やり》でも降ってくるのでは。本気で心配していたら、フィルがすごむ。

「お前な、全部顔に出てんだよ！　くそ、柄にもねえことするんじゃなかった」

「悪い。人生で一番の衝撃だったから」

「てめぇ……」

フィルがわなわなと拳を震わせた。

「それで？　どういう心境の変化だ？」

謝りに来たということは、考えを改めたのだろう。フィルがどんな結論を出したのか、純粋に気になる。

「ん。まあな……その……」

先ほどの勢いはどこへやら、フィルは急に歯切れが悪くなった。忙《せわ》しなく視線を泳がせる。

言うのがよほど照れくさいらしい。

こんなに面白いフィルは滅多《めった》に見られない。ついからかいたくなるが、そうしたら間違いなくこいつはへそを曲げるだろう。私は好奇心が疼《うず》くのをぐっと抑えた。

話の続きを待つ。

「……俺が間違ってた。今のマグノリアを認めたら、『悪女マグノリア』に人生を滅茶苦茶にされたカイリを裏切ることになる、って思ってたんだ」

「……それで？」

「違うんだよな。今のあいつ……マグノリアは、『悪女マグノリア』とは違う。あれは今のあいつが『道を踏み外した未来』ってやつなんだよな」

道を踏み外す……か。確かに、私たちの干渉によって、マグノリアが人の悪意に接する時間は確実に減ったはずだ。

『悪女化の芽』が、時が巻き戻る前のマグノリアにもあったなら……私たちが摘んできたそれは、彼女が受けた心の傷でもあるのだろう。

幼少期から嫌がらせを受け、時には暴力を振るわれ、誰も救いの手を差し伸べてくれない。周りの人間がすべて敵に思えたとしても不思議ではない。

マグノリアに断罪を告げた時を思い出す。

――私はただ普通に生きたかっただけ。

その言葉が、今になって私の胸に突き刺さる。

「そんな簡単なことを、俺は意地になってずっと気付かないふりをしてたんだ……情けねえと思うよ」

いつになく真剣に話すフィルに、私は何も言えなかった。

フィルが居心地悪そうにこちらの様子を窺ってくる。

「……おい。何か返してくれよ。一人で語ってるみたいで恥ずかしいだろ」

「ああ、悪い。フィルも大人になったと思ってな」

「お前な……からかうのもいい加減にしろよ」

ふてくされている幼なじみを見て、私は頬を緩めた。

「ふ。ならば、これからはマグノリアの『悪女化の芽』を摘むことを、正式に手伝ってくれるという認識でいいのか？」

「ああ。っていうか、今までもなんだかんだ手伝ってた気がするけど……これからは協力する。きちんとな」

「そうか。ありがとう」

子どもの成長を見守る親とはこんな気分だろうか。私が微笑ましく見ていると、フィルはいたたまれなくなったようだ。大きく首を横に振る。

「もうこの話はやめだ！　それよりレイの婚約の話なんだけどよ……」

「悪い、フィル。その話は今あまりしたくないんだ」

「いや、多分レイは知らねえだろうから話しておきたいんだ」

あまり触れられたくない話題だが、何か報告したいことがあるらしい。

「……なんだ？」

話の続きを促すと、フィルはゆっくりと口を開いた。

「この前、謁見の間で国王様と婚約者候補の話をしてただろ？　あれ、俺とマグノリアが控えの間で聞いてたんだ」

「控えの間？　なんでそんなところで……」

フィルが気まずそうな顔になる。

「……言いにくいんだけどよ。レイが婚約者候補に挙げるのはロッティだって、国王様はわかってたんだ。それ聞かせるためにマグノリアを呼び出してな」

「まったくあの人は……どうしようもないな」

父上の酔狂に二人が巻き込まれた……ということか。

頭痛がして、こめかみに手を当てる。そんなことをして一体何になると言うのか。

「国王様は、お前がロッティを選べばマグノリアが傷つくとわかってたみてえだった。実際、話を聞いたあいつは部屋を飛び出していっちまったしな」

「……まさか」

あの日、謁見の間を退出した私は、城の庭園でマグノリアと出会った。彼女は何か落ち込んでいたようだったが……まさか、私のせいで？

私の婚約者候補に選ばれなかったことがショックだったのだろうか。これまでの付き合いから察するに、王太子妃の座に興味があるようには見えなかったが……

答えを求めてフィルを見たが、そっと首を横に振られてしまう。

「あいつの気持ちは俺にもわからねえよ。本人に直接聞くんだな」

嫌な想像が脳裏をよぎる。

仮に、私のせいでマグノリアが気落ちしていたとしよう。原因はなんだろうか。

私は自分をマグノリアの立場に置き換え、想像してみる。

もっとも気にするのは……伯爵令嬢としての名誉、だろうか。散々王太子との噂が立ったのに婚約者候補には選ばれなかった。そんな令嬢を周囲がどう見るかは、想像に難《かた》くない。

もしかしたらマグノリアは、私に弄《もてあそ》ばれたと思っているかもしれない。その可能性に気付いた途端、なぜかサアッと血の気が引く。

フィルは私の顔をじっと見て、呆れたように小さく息を吐いた。

「結局のところ、お前はどうしたいんだよ。ロッティとの婚約に気乗りしてねえんだろ？」

「いや……そんなことは……」

「ないとは言わせねえよ。サイラスからお前が最近元気ないって聞いてんだ。こうして会ったら一目でわかったぜ。何年一緒にいると思ってんだよ」

どうやら私は、ロッティとの婚約に前向きな気持ちを持てないでいるらしい。

個人の感情を表に出すなど、王太子としてまだまだ未熟者だ。

私でさえ自覚がない感情を、フィルとサイラスは見抜いているというのか。

「正直……わからない。国のためを思うなら、ロッティと婚約するべきだ。ただ私自身は……どうしたいのかわからないんだ」

巻き戻り前の私であれば、なんの躊躇もなく政略結婚を受け入れたはずだ。今になってどうして迷いが出たんだろう。

『もしご自身の意思で婚約者を選んでいいと言われたら……殿下はどなたを選ばれるのですか』

サイラスから投げかけられた質問は、私の中でずっと燻《くすぶ》っている。

マグノリアとロッティ、国益も何もかも無視していいと言うのなら。私は……

「レイは難しく考えすぎなんだよ。飯《めし》が食いたい、菓子が食いたい、何か飲みたい。そういう欲求と同じで、自分がしたいと思うようにすりゃいいんだよ」

「……飲み食いしてばかりじゃないか？」

「うるせえ。たとえだ、たとえ」

思わず突っ込んでしまったが、フィルらしい単純明快《たんじゅんめいかい》な考え方だ。

自分がしたいと思うようにする……王太子としての思考で雁字搦《がんじがら》めになった私には、難しい課題だ。

「ま、悩むようになったのは成長じゃねえの。巻き戻り前のレイなら『まあ、政略結婚なんてそんなものだから』とかサラッと言って終わりだったろ。俺は今のお前の方がいいと思うぜ。人間らしくて」

「おい。まるで私が今まで人間じゃなかったかのような口ぶりだな」

「あながち間違ってねえだろ。王子って枠《わく》にはまって、自分の意思なんて関係なし。半分感情失ってたぜ、レイ」

痛いところを突かれ、私は言葉に詰まる。

王太子という立場に生まれた時から、自分らしく生きるという選択肢などなかった。

幼い頃こそ反発していたが、次第に諦めていった。

一国の王子としてはそれが正しい姿だとは思う。ただ、フィルたちの言う通り、私は自分の意思というものを蔑《ないがし》ろにしすぎていたのかもしれない。

半分感情を失っていたか……間違いないな。

「……はは、耳が痛いな」

「なあ、感情取り戻した王子サマよ、久々に剣の手合わせしようぜ。まさか剣の腕も鈍《なま》っちまってねえだろうな？」

フィルが肩の骨を鳴らし、私を挑発した。今までならそのような誘いには乗らないところだが――私はまだ残っている仕事を投げ出し、立ち上がった。

「手加減はしないぞ、フィル」

そう返すと、幼なじみはニッと歯を見せて笑う。

駆け出したフィルの背を追って、私は執務室を出た。

❖　◇　❖

久しぶりにレイと手合わせをしてから数週間が経った。

俺はキャリントン伯爵家を訪ねていた。

「……で、なんでレイを避けてるんだ？」

「……」

こうしてマグノリアに問いただすためだ。

今まで俺とレイは、定期的に伯爵家を訪問していた。ところが、この数週間ほどは伺いを立てては マグノリアに「来ないで」と断られてばかり。レイは自分が避けられているのではと疑って、俺を一人でここへ送り込んだのだ。

この質疑も、かれこれ一時間以上は繰り返している。マグノリアは黙秘《もくひ》を貫いていて、話が進む気配はない。俺はテーブルを指でトントンと叩き、苛立ちを紛《まぎ》らわせた。

これが罪人相手なら恫喝《どうかつ》や脅迫を選ぶところだが、相手がこいつなのだからそうはいかない。短気な俺にしてはかなり耐えている方だと思う。

実際、マグノリアがレイを避けているのは間違いない。

今日ここに来た時、最初は屋敷の門前で使用人にマグノリアへの取り次ぎを拒否された。ところが俺が一人で来たと告げた途端、使用人の態度が変わった。屋敷の中に戻って確認を取ってくれたのだ。しばらく待っていると、普段通りのマグノリアが出迎えに現れた。どうやらこちらの読み通り、こいつはレイとだけ会いたくないらしい。

このまま二人が仲違《なかたが》いしていると、俺が一人でここに来る羽目になる。

それはごめんなので『リトル・ティーガーデン』で問い詰めているのだが……マグノリアは頑《かたく》なに口を開かなかった。

俺は事情を聞き出すのを諦めた。

「……わかったよ。今日のところは俺が折れてやる。でもずっとこの状態は勘弁《かんべん》してくれよ。友達二人がすれ違ったままとか、面倒なんだよ」

「うん……ごめんなさい、フィル」

「普段から、それぐらいしおらしい態度でいてくれたらいいんだけどな」

俺は憎まれ口をたたいた。

いつものマグノリアなら顔を真っ赤にして怒るところだが、今日は珍しく反発しない。俺は拍子抜けした。

マグノリアが目を伏せ、俯きがちになる。そして小さく呟いた。

「あのね……もう一つ、謝ることがあるのよ」

「ん？」

「フィルとの話がこんなに長くなるとは思ってなくて……実は今日、ロッティ様と約束があるの。これから一緒に、城下町に買い物へ行く予定なのよ。もうじきこちらへいらっしゃるはずだわ」

「言い出せなくてごめんね」と頭を下げているが、それはまずい。

俺は隙がないあの侯爵令嬢が苦手なのだ。

「なっ……それ早く言えよ！　俺はもう帰――」

「お嬢様、バーネット侯爵令嬢がお見えですよ」

まるでタイミングを測ったように使用人がロッティの来訪を告げた。

俺は急いでこの場から去ろうと立ち上がる。ところが、マグノリアが俺の手を勢いよくガッと掴み、引き留めた。

「フィル。私、身支度をしなくちゃいけないの……ごめんね！　お相手をよろしく！」

「おい、待て！　マグノリア！」

マグノリアはリスのように素早い動きで屋敷へ逃亡した。

あいつ、妙にしおらしく謝ると思ったら……俺をはめたな!?

その場でもたついていると、すぐにキャラメル色の髪をした侯爵令嬢――ロッティが現れた。

「……」

俺は気まずい思いでその顔を見る。

「あら、フィルさん。いらしてたのね。マグノリアさんはどこかしら？」

貸し一つどころか、貸し百個だ。この落とし前は必ずつけさせてやる。

心の中でマグノリアに文句を言いつつ、俺は対応を切り替えた。

「……マグノリア様はお召し物を替えに向かわれました。そのうち戻るかと」

「まあ、そうですの……なら、少しわたくしとお話ししません？　フィルさん」

「申し訳ありませんが、王太子殿下の元へそろそろ戻らねばならないのです」

レイの名を出して逃げる口実を作る。そもそも、俺が相手をする必要はない。ロッティにはお茶でも出して待っていてもらえばいいのだ。

この理由ならいけるだろうと勝ちを確信したが……俺の読みは甘かったらしい。

「あら。わたくしが来た時に王城付きの御者の方を見かけましたが、まだ出発の用意はされてませんでしたわ。準備ができるまでの間だけで結構ですから」

御者、準備しておけよ。思わずテーブルを殴りたくなる。

一人で行かせることに負い目を感じたらしいレイが、今日は馬車を用意してくれたのだ。ホイホイと乗った俺が馬鹿だった。自分で馬を走らせてくれればよかった……と後悔するがもう遅い。

逃げ道を潰された以上、承諾《しょうだく》するしかない。

「……私に話し相手が務まるかわかりませんが」

「そんなに畏まらなくて結構ですわ。マグノリアさんと話す時みたいに、砕けた口調で構いません」

「いえ、そういうわけには」

いかねえだろ、普通に。

ただの従者が、馴れ馴れしい口調で貴族令嬢と話したら大問題だ。もちろん、長年の付き合いがあるマグノリアは例外だが。

この提案がもしバーネット侯爵の耳に入ったら、あらゆる手を使って俺を潰そうとするだろう。あの侯爵はバーネット家の名誉を何より重んじている。そんなリスクを背負いたくない。

あと、単純にこの令嬢サマが苦手だ。

ロッティは立ち居振る舞いもマナーも表情でさえ完璧で、まったく隙がない。それがどうにも計算ずくの所作に見えてしまうのだ。こちらが油断すれば足を掬われそうな、奇妙な緊張感を持たされる。

ロッティは俺の顔をじっと観察した。そして頬に手を添え、首を傾げる。

「フィルさんは、わたくしのことが苦手なのですね」

「は……いえ、誤解です」

心を読まれたわけじゃないよな？　思わず馬鹿正直に「はい」と言いそうになって、慌てて修正する。

もちろん、そんなごまかしはロッティに通用しなかった。

「素直な方。すべて顔に出てしまうタイプですのね」

「……」

これ以上の否定は意味がないと判断して、俺はあっさり降参する。表向きの仮面を被《かぶ》ることも面倒になり、恨みがましい視線を送った。

「ふふ、わかりやすい方は好きですわ」

「……あとで無礼なやつだったと糾弾《きゅうだん》しないでくれよ」

「そんなことはいたしませんわ。口調だの身分の違いだの些末《さまつ》なことです。わたくしは気になりませんの」

「どうだか。なんとなく信用できねえんだよ、あんた」

つい本音が出てしまう。

「まあ……ずいぶんはっきりとおっしゃるのですね」

「……失礼いたしました」

ロッティは微笑み、首を横に振った。

「いいえ。気に入りましたわ。どうか先ほどの態度のままで」

「……で？　俺は別に話したいことはないぜ。そっちは何かあるのか？」

「単なる世間話ですわ。フィルさんと王太子殿下は、いつマグノリアさんと出会ったのですか？」

空気が引き締まる。

「今から五年ぐらい前に、俺とレイがここの庭園に迷い込んだんだ。なんでここまで来たのかは、もう覚えてねえな」

俺の顔に出ると言うなら、嘘はつけない。とはいえ、素直にすべて教えるのも癪《しゃく》だ。

真実とごまかしを織《お》り交ぜて話す。

ロッティが俺の顔をじっと見つめた……不審な点は見つからなかったらしい。

「……では、マグノリアさんと出会ったのは偶然ですの？」

キャロットオレンジの瞳が探るように大きく開く。

「むしろ偶然じゃなかったらなんなんだ？」

シンプルにロッティの発言の意味がわからず、つい睨みを利かせてしまう。

「出会うべくして会った運命……とかでしょうか」

「そういう遠回しな言い方は嫌いだ。言いたいことあるならはっきり言えよ」

ロッティはすぐに引き下がった。

「いいえ。気を悪くされたなら謝ります」

「別に気は悪くしたわけじゃねえけど……あんた、俺と話してて楽しいか？」

「ええ。フィルさんとお話をしていると、珍味《ちんみ》を食《しょく》する時のような高揚感《こうようかん》がありますわ」

「珍味扱いかよ」

わりと失礼なやつだ。ロッティは目元を緩め、ふふっと笑い声を漏らした。

「ロッティ様、フィル！　お待たせしてすみません」

マグノリアがやっと身支度を終えたらしい。ドレスの裾を持ちながら駆け寄ってくる。

大人びたロッティと出かけることを考えてか、フリルが少ない落ち着いた赤色のドレスを選んだようだ。

「ああ。本当に遅かったな」

「そんなに睨まないでよ……」

ロッティの相手を押しつけやがって。目で訴えたら、マグノリアは恐縮した。

「貸し百な」

「多いわよ！　二桁《ふたけた》多いわ！」

そんなやり取りをしていると、ロッティがマグノリアを促した。

「ふふ。では行きましょうか。フィルさんも城へ戻るのであれば、わたくしたちと一緒の馬車に乗りませんこと？」

「勘弁してくれ。それだけは本当に」

乗ってきた馬車があるのに、なぜ相乗りする必要があるのか。女同士のよくわからない会話に巻き込まれるのは、想像しただけで身震いする。

全力で拒否したが、二人は気にも留めなかった。

「みんなで乗ったら楽しいわよ」

「男性がいた方が頼りになりますものね」

適当なことを抜かすマグノリアと、俺を有事の際の盾として使いたいらしいロッティに迫られる。

俺はほぼ強制的に一緒の馬車に乗せられたのだった……

❖　◇　❖

私が執務室で書類を確認していると、キャリントン伯爵家に使いに行ってもらったフィルが帰ってきた。

「レイ、マグノリアに会ってきたぜ」

憂鬱《ゆううつ》な気分を隠し、そうかと相槌を打つ。

謁見の間での話を聞かれて以来、私はマグノリアに避けられている。

様子を見に行こうとしても断られるばかりだったので、もしかして……と試しにフィルだけで伯爵家へ行かせた。案の定、彼はいつも通り歓迎されたようだ。

なぜ私を避けているのか聞いてくれたようだが、答えてもらえなかったらしい。

やはり私に弄ばれたのだと怒っているのだろうか。そうだとすれば謝罪したいが、こちらの勝手な憶測《おくそく》で謝るのはむしろ失礼になるのでは？　マグノリアが何を考えているのかわからないので、簡単には行動に移せない。

それにもし推察《すいさつ》が外れていたら、怒りに火をつけてしまうだろう。

いつまでもこの状態が続くのはよくない。それはわかっているのだが、解決策が思いつかずにズルズルと時間が過ぎていく。

考え込んでいると、フィルがため息をついた。

「実は王城までマグノリアたちと一緒の馬車に乗ってきたんだ。あいつ、ロッティとこれから買い物するんだと。メアもついていくってさ」

「そうか……ロッティ嬢と……」

どうやらマグノリアとロッティの交流は続いているらしい。タイプの異なる二人だが、姉と妹みたいな形で案外上手くいっているのかもしれない……私としては少し複雑な心境ではある。とはいえ、マグノリアに友人ができるのはいいことだ。

「馬車の中でロッティに滅茶苦茶話しかけられてよ……身分が低い俺なんかと仲良くしたってメリットないだろうに」

「きっと彼女なりの気遣いだろう。女性だらけの空間にフィル一人じゃ気まずいだろうと思ったんじゃないか？」

「ああ、まあ……確かに気まずかったけど」

三人の女性に囲まれて、居心地悪そうにしているフィルの姿が簡単に想像できる。さぞかし肩身が狭い思いをしたことだろう。

「殿下、サイラスです」

強めのノック音で、私たちは会話を止めた。

サイラスにしては珍しい、どこか焦りを感じる声だ。

何かよくないことが起こったのだと瞬時に把握する。

入ってくれと許可すると……サイラスより早く駆け込んできた影がある。

「王太子殿下、フィル様！　どうか、お嬢様をお助けください！」

キャリントン伯爵家のメイド、メアだ。続けてサイラスが早口で報告する。

「緊急事態です、殿下。貴族街を散策されていたマグノリア様とロッティ様が、何者かによって連れ去られたようです」

「！　なんだと？」

私は反射的に立ち上がった。ガタンッと椅子が大きな音を立てる。

まさか『悪女化の芽』か？　フィルに目配せするが、首を横に振っている。

馬車に乗っていた時は生えていなかったようだ。

嫌がらせだけに留まらず、ついに強硬手段《きょうこうしゅだん》に出たか……！　しかもロッティを巻き込むとは、一体何が目的だ？

焦りが私の額に汗を滲ませ、心臓が早鐘《はやがね》を打つ。

メアは半泣きになりながら状況を説明した。

「み、道を歩いていたところに、変な仮面を付けた男が何人も現れたんです！　あっという間に囲まれて……護衛の者や私を殴り、その隙にお嬢様たちを連れ去って……！」

メアの頬には殴られた痕であろう痛々しい赤色が目立つ。女性に手を上げることを厭《いと》わない相手だ。マグノリアたちにも何をするかわからない。

「サイラス、伯爵家に付けている監視は？」

「仮面の男たちを追っています。現在は城下町にいるようです」

「わかった。メア、男たちの特徴を教えてくれ」

「は、はい！　ええっと五、六人くらいで――」

メアの情報をまとめると、相手は五、六人くらいの集団。模様のない白い仮面を着けており、黒いマントを羽織《はお》っていたという。体格から見て、全員男性で間違いないようだ。

「よし、フィル。私たちも行くぞ」

「了解」

「待ってください！　私もご一緒させていただけませんか？　誘拐犯の姿を見たので、助けになれます！」

マグノリアのことが心から心配なのだろう。メアは自分の胸元を手で握りしめる。メイド服がぐしゃりと皺になるのも構わずに。

私はフィルに視線を向ける。連れていって構わないか目で問うと、彼は頷いた。

「わかった。メアも来てくれ。そして、変装《へんそう》の手伝いをしてくれないか。この格好では目立ちすぎる」

「はい！　お任せください」

私たちはすぐさまドレッシングルームへ移動した。

平民に紛れるためシンプルな白いシャツにベージュのチュニック、そして黒いズボンを着用する。

さらに銀髪を隠すべく黒い帽子《ぼうし》を被った。

メアも付き人であることがバレないよう、メイド服から薄いオレンジ色のワンピースに着替える。

それぞれが準備を整えている間、サイラスが監視と連絡を取ってくれていた。

当初、私たちが仮面の男を追いかけることについて、サイラスは難色を示した。護衛を付け、危険に突っ込まないことを条件に、納得してもらう。

サイラスに監視から連絡があった場所を聞いた。

現場へ急行する馬車の中では、誰も口を開かなかった。

おそらく全員が焦燥《しょうそう》に駆られ、とても話す気など起こらなかったからだろう。


やがて城下町に到着した。通行人に片《かた》っ端《ぱし》から聞き込み、仮面の男たちの足取りを追う。今も監視が追ってはいるはずだが、何もせずにはいられなかった。

外見が非常に目立つ集団だからか、目撃情報は山ほど出てきた。

「フィル、メア。どうだった？」

「多分やつら、下町の方へ向かったみたいだ。身を隠すにはもってこいの場所だからな」

「はい、私も同じような情報をいただきました」

「下町か……」

厄介だ。下町は治安が悪く、一部無法地帯と化しているところもある。王家にはとても把握できていない違法な店や隠れ家がゴロゴロあるはずだ。しらみ潰しに探すにも限界がある。

大事《おおごと》にはしたくなかったが、最悪の場合は、王家の兵力を動員するしかない。それには父上の説得が必要で、時間がかかる。

上手いこと手がかりを得られるといいが……半ば神頼みをしながら、下町へ向かった。


下町に来たことはほとんどない。それにしてもひどい有様だ。

至るところにボロボロの格好をした浮浪者が寝っ転がっている。中には酒の臭いを漂わせている者もいた。

干《ひ》からびた洗濯物《せんたくもの》が建物と建物の間に吊るされ、異臭を放っている。私たちを値踏みするような視線を感じ、とにかく不気味だった。

「この臭い……伯爵のあの部屋を思い出すぜ」

キャリントン伯爵が薬による幻覚症状を引き起こし、引きこもっていた時のことをフィルは言いたいのだろう。

「私も同感だ。メアは大丈夫か？」

「……はい……なんとか……」

いつか乗り込んだ部屋と同じく、鼻につく悪臭に耐えて下町を進んでいく。

坂道を下りていると、フィルが突然大声を上げた。

「……カイリ⁉」

その言葉で、とある民家の前でしゃがみ、ドアの鍵を針で開けようとしている少年が振り返った。

グラスグリーンの瞳をフィルに向ける。

「ん？　誰だ？　知り合いだっけ？」

「あ……いや、悪い。人違い……だった」

フィルが歯切れ悪く言うと、少年は怪訝な顔をした。

「嘘だろ？　名前まで同じなんて……俺もカイリって言うんだよ」

少しくすんだ青色の髪を後ろで束ね、日焼けした褐色《かっしょく》の肌が印象的な少年だ。私たちに人当たりのよさそうな笑顔を見せる。

どこか人を惹《ひ》きつける魅力があった。

カイリとは……『悪女マグノリア』に人生を台無しにされたという、フィルの友人の名前だったはず。あいつはごまかしているが、もしかしたら本人なのだろうか。

今カイリが行《おこな》っていたのは、いつかフィルが披露した鍵開けと同じ技だ。下町育ちのやつに教えてもらったと言っていたが、その人物こそ彼だったのでは……

カイリが鍵を開ける作業をやめて立ち上がる。そして、私たちを値踏みするように無遠慮《ぶえんりょ》に眺めた。

「んー。あんたたち、何か訳ありっぽいな。平民に扮してるつもりかもしれないけど、身なりがいいのを隠しきれてないし。そんなんじゃ身ぐるみ剥がされても文句言えないぞ……って、後ろにいる連中があんたらの護衛か？」

集団だと悪目立ちするので、護衛には私とフィル、メアとは少し距離を取ってついてきてもらっている。カイリが不審な動きをしようものならすっ飛んでくるだろう。

それを彼はわかっているようだった。

「俺、ここに住んで長いから、あんたたちの助けになれるかもしれないけど？　これ次第で」

カイリは指でコインのマークを作った……いくらフィルの友人？　とはいえ、全面的に信用してもいいものか。ひとまずフィルに相談してみよう。

「少し話してきてもいいか？」

「もちろん」

カイリは私たちに背中を向け、待ちの姿勢に入った。

私はフィルを引っ張って皆から離れると、耳打ちする。

「フィル、あのカイリという人物は――」

「ああ。間違いなく俺の知ってるカイリだ。あの金にがめつい感じ、絶対本人に違いねえ」

「どこで判断しているんだ……」

そこは普通、顔とか声とかで判断するところだろう。

「金にがめつい」という性格で本人認定されるカイリにも呆れる。騎士団に所属していたはずだが、普段からどれだけ金に執着《しゅうちゃく》していたんだ？

「カイリは金さえ出せば裏切らないぜ。友人の俺が保証する。協力してもらわねえか？」

「どんな保証だ？　まあ他に手がかりもない。フィルの友人なら……信頼しよう……」

「苦渋《くじゅう》の決断みたいな顔すんなよ」

私はカイリという人物をよく知らない。今この場で受けた印象としては、信用に足る人物ではないと思う。

しかし私は、彼を信頼するフィルを信じる。手を借りてみるとしよう。

「いくら払えばいい？」

「毎度！　あんたたち、ラッキーだったな。俺は下町の中でもずいぶん良心的な価格だぞ」

「嘘だぜ」とフィルが隣で呟いているが、今は無視しておく。

私は提示された額を渡した。カイリは嬉しそうに笑って、大事に懐へしまう。

「で、あんたたちは何がしたいんだ？」

「人捜しだ」

私はカイリに友人が仮面を着けた男たちに攫われたことを説明した。

続けてマグノリアとロッティの特徴を伝え、現在地を突き止めてほしいことを話す。

「――なるほど。つまりその女たちを見つければいいんだな？　何かそいつらの持ち物とかないか？」

「あっ、あります……！　お嬢様のハンカチが」

幸《さいわ》いにも、メアがマグノリアのハンカチを持っていた。

それを渡すと、カイリが指笛を鳴らす。

ピーッときれいな音が下町に響いた。すると石畳《いしだたみ》を駆ける足音がして、一匹の大きな黒いイヌが走ってきた。そのままカイリの足元に寄り添う。

「イヌか？」

私が尋ねると、カイリは頷いた。

「俺の相棒なんだ。鼻がめちゃくちゃ利くんだぞ。こいつにかかれば一発だよ」

カイリはイヌにハンカチの匂いをしっかりと嗅がせて、手で合図を出した。

イヌがワン！　と大きく一鳴きして、勢いよく駆け出す。

「言い忘れてたけど、こいつって脚《あし》がめちゃくちゃ速いんだ。頑張ってついてこいよー！」

カイリがすぐさま走り出し、残された私たちは顔を見合わせた。

「お前、そういうのは最初に言っておけよ！」

フィルが怒りを叫んだ。慌てて皆でイヌを追う。

カイリは走りながら「悪い、悪い」と笑って謝った。

私もフィルもメアも、ついでに護衛たちも、イヌを追いかけて散々走らされる羽目になった。


……走りすぎて酸欠になりそうだ。

私は膝に手をつき、肩で息をする。

いつの間にか下町を離れ、王都の近郊にある川まで来ていたようだ。都市の中心から離れたここは、人通りがほとんどない。

迷いなく走っていたカイリのイヌが立ち止まり、うろうろとその場を回る。急に臭いを見失ったようだ。

「んー？　ここで臭いが途切れて——」

「誰か！　誰か、助けてくださいませ！」

カイリの言葉を、切羽詰《せっぱつ》まった女性の声がかき消した。声のした方向を見る。

ちょうど木影に隠れる形で、一艘《いっそう》のボートが川に浮かんでいる。

私とフィルはボートの元へ急いだ。

そこには縄《なわ》で手足を拘束され、船底に倒れ込むロッティの姿があった。

幸いにして、ボートは岸に繋ぎ留められていた。すぐにロッティをボートから下ろし、縄を解く。

川に流されていたら危ないところだった。

「ロッティ嬢一人か？　マグノリアは？」

「そ、それが……マグノリアさんが乗ったボートはすでに流されてしまって……！」

「なんだって？」

バッと顔を上げて、川全体を見渡す。川幅は非常に広い。流れは緩やかであるとはいえ、水深は深そうだ。

目を凝らして探すと、一艘の小さなボートが見えた。

「フィル！　あそこだ！」

ボートは不安定な動きをしていて、今にも沈みそうだ。

グラグラと大きく揺れ、船体が斜めに傾く。

——もし、あのボートにマグノリアが乗っていたら。

想像しただけで、冷たいナイフを身体に突き立てられたような寒気と恐怖に襲われた。

「……！　やばい、誰かいるぞ！　赤いドレスのあれは、マグ——」

フィルの言葉を聞くまでもない。

「おい、レイ⁉」

考えるより先に、身体が動いた。

バシャンッと飛び込んだ川の水は冷たく、簡単に私の体温を奪っていく。

王太子の私自ら、助けに行く必要はない。護衛に任せろ、と冷静な思考が言う。

素人の救助など下手をすれば二次災害になりかねない。私が命を落とすことの方が、よほどこの国にとっての損失だ。

救出プランとしては、最悪だと理解している。

――そんな御託《ごたく》など、どうでもよかった。

私はただマグノリアを失いたくない。それが私の……望みだ。

私はボートを目指し、躊躇いなく泳ぎ出す。

三割ほど水に沈んでいるボートだが、辛《かろ》うじて浮力を保っている。どうやら川の淀《よど》みに留まっているみたいだ。

ほとんど流れがないことが幸いし、これ以上流れていくことはない。

ボートまであと少し。やっと手足を縄で縛られたマグノリアの姿が見えてきた。

その瞬間、突風が吹いてボートが揺れた。

船体が大きく傾き、マグノリアが川に投げ出される。

「マグノリア！」

今のマグノリアは手足を使うことができない。パニックを起こさずに自力で水面まで上がるのは、ほぼ不可能だろう。

私が助けられなければ、彼女は命を落とす……

私は大きく息を吸い、水中に潜《もぐ》った。

川底は遠く、見通しは悪い。沈んでいくマグノリアの姿を今にも見失いそうだ。

私は必死に目に凝らし、水をかく。

マグノリアはこちらに気付いていない。虚ろな目で、遠ざかる水面を眺めている。

それは巻き戻り前、マグノリアを断罪しようとしたあの時と同じ……深い絶望と諦観《ていかん》の眼差しだった。

心臓が嫌な音を立てる。

不快感と焦りで喉が詰まった。

私はもう、この眼差しをするマグノリアを見たくない。彼女の苦しむ姿は見たくなどない。

ただ……私のそばで笑っていてほしいのだ。

手を伸ばし、マグノリアの腕を掴んだ。

彼女の身体を強く抱きしめ、上を目指す。

そして水面から勢いよく顔を出した。ちょうど流れ着いた流木に掴まり、酸素を取り戻すべく呼吸する。

マグノリアは水を飲んだのか、ゲホゲホと何度も咳き込んだ。

「無事か、マグノリア？」

「レイ……？」

マグノリアのアイリス色の瞳が大きく開いた。焦点が合った眼差しに、胸を撫で下ろす。

ふと、水の中に浸かるマグノリアのペンダントがチカチカと赤く反射した気がした。

私は目を細める。

「レイ、マグノリア！　大丈夫か!?」

背後からボートに乗ったフィルが私たちに向かって手を振り、声を張り上げた。

……よかった。フィルは冷静に行動してくれたみたいだ。

私たちは無事に川から上がることができた。

岸に戻ると、タオルを抱えたメアが待っていた。マグノリアを見るや否や泣き出しそうになり、水浸《みずびた》しの彼女を躊躇なく抱きしめる。

私は適当な馬車を拾ってくるようカイリに頼む。仮面の男たちの姿がないか、念のため護衛の数人に周囲の捜索へ向かわせた。

その隙にマグノリアたちに声をかける。

「怪我はないか。二人とも」

「わたくしは平気ですが、マグノリアさんが……」

「あ……ううん、少し寒いだけだから」

ロッティが心配するのも無理はない。

マグノリアはかすかに肩を震わせていた。川に浸かりきったドレスはポタポタと水滴《すいてき》を落とし、地面を濡らしていく。

唇は青く、顔色は悪い。冷えきった彼女の身体は、タオルだけではろくに寒さを和らげることができないようだ。

「これを着てろ」

フィルがチュニックを脱ぎ、マグノリアに投げ渡した。

「ありがとう、フィル」

受け取ったチュニックを、マグノリアはタオルの上からさらに羽織《はお》る。多少マシになったのか震えが緩和された。

……濡れていなければ、私がマグノリアに上着を渡したのに。

なぜか湧いた不満に蓋をし、私はマグノリアとロッティに話を切り出した。

「ところで、仮面の男たちに攫われたと聞いたが……目的か何か言っていなかったか？　犯人に見覚えは？」

私の質問に、二人が首を横に振る。

「いいえ、まったく知らない声だったし、目的もよくわからなかったわ。お金を要求されてさえいないのよ」

「……わたくしも心当たりがありません。攫われてすぐ腕を拘束され、有無《うむ》を言わさずボートに乗せられたのです。彼らはマグノリアさんが乗るボートを流してから、しばらく見物しているようでしたわ」

ロッティの返事を聞いて、首を傾げる。

「二人をわざわざ別のボートに乗せたのだな？」

「ええ。大方、私たちが怯える姿を見て悦《えつ》に入りたかったのではないですか？　わたくしには理解できませんが」

仮面の男たちは、愉快犯だったということか？　……いや、今考えることではないな。

ただでさえ恐怖に震えている二人を、さらに怯えさせるわけにはいかない。

不安を煽《あお》らないためにも、私は会話を畳《たた》んだ。

「そうか、わかった。話してくれてありがとう」

ちょうどその時、カイリが馬車を呼んで帰ってきた。

私は声を潜めて皆に告げる。

「とりあえず王城に向かおう。医師を手配するから、身体を休めてくれ。怖い目に遭って大変だったただろう」

そして私はカイリに丁重に礼を言った。

フィルも会釈《えしゃく》をし、彼とその愛犬とはここで別れる。

そこからは会話らしい会話もなかった。

私たちは馬車に乗り込み、王城に戻った。


王城に着き、マグノリアたちを客間へ通した。医師に事情を伝え、診察を頼む。

事件の詳細をまとめるため、私とフィルは着替えてから執務室で落ち合うことにする。

護衛から一連の報告を受けたサイラスは、私が危険な行動をしたと知って眉を吊り上げた。いろいろ叱られる覚悟をしていたが……何も言わずに着替えを手伝ってくれた。

私はサイラスに甘えることにし、客間の世話や伯爵たちへの連絡を任せる。

やがてフィルが執務室にやってきた。

テーブルを挟み、対面に座る。

フィルが口火を切った。

「一体誰がこんなことしたんだろうな？　マグノリアに嫌がらせしてるやつの仕業か？」

「最初は私もそう思ったが……今回はロッティも巻き込まれている。王家に恨みを持つ者が私の婚約者候補と目《もく》される二人を狙った可能性も否定できない。『悪女化の芽』も出ていなかったしな」

……マグノリアのペンダントが一度赤く光って見えたのは気のせいだったのだろうか。今となっては確かめようがない。

「王家に恨みねえ……国王様のご趣味には困るが、国民の不満が溜まってる噂は聞かねえけどな」

「やはり、マグノリアを狙ったんだろうか……」

一体誰が？　なぜここまで執拗にマグノリアを狙うんだ？

嫌がらせについて、怪しいのはメアだ。

彼女はマグノリアからの信頼を得ているし、伯爵家内部で怪しまれずに動くことができる。

しかし彼女が加担しているという証拠はない。

実行犯は皆等しく失踪《しっそう》、または死亡している。ただのメイドが殺し屋のごとく処理したり、人を何人も雇えるとは思えない。

メアが内通者であり、黒幕は他にいるという見立てが有力だが……マグノリアを娘のように大事に思っているあの姿。あれがすべて演技だとしたら、私は人間不信になりそうだ。

……バーネット伯爵家にもマグノリアを害する動機がある。

数週間前の謁見の間でやり取りは、フィルやマグノリア、キャリントン伯爵、サイラスといった居合わせた人物以外に知られていない。

「私の婚約者候補になるのは、マグノリアである」という噂を信じ、潰そうとした可能性は考えてみてもいいだろう。

ただ、そうだとすると幼少期――まだマグノリアと出会ったばかりの頃、伯爵宛に薬を届けた犯人がわからなくなってしまう。あの時は私と彼女の間に噂など立っていなかったのだから。あれもまた『悪女化の芽』であった以上、黒幕が関わっているはずである。

それにバーネット侯爵にしては、回りくどいやり方だ。

……まさか娘のロッティが？

浮かんだ考えを、頭を振って追い払った。当時のロッティはまだ七歳。嫌がらせの手配や始末をできるまいとは思うが……

マグノリアの継母であるイライザの姿はまだ見えず、女神から告発されている騎士団長も今のところ不審な動きはない。

あとは私の父上か……

面白半分で貴族令嬢を連れ去る。そんな馬鹿げた話を否定できないのが、本当に情けない。

私の婚約者決めについても掻き回して楽しんでいる節がある。

今回二人が狙われたのも父上が描くシナリオの一つでは？

「……」

頭痛がしてこめかみを押さえた。考えれば考えるほど、あの人ならやりそうだ。信じたくないが
今回の事件は私の父上が企てたのか……？

……いや、父上にはマグノリアを悪女に仕立てあげる理由がない。巻き戻り前は、悪女として暴
れるところを見たがり、失望していたわけだしな。

「はあ……」

考えても、誰がマグノリアを狙う人物なのかはわからない。雲を掴むような作業の繰り返しで、
いい加減うんざりしてくる。

「何か思いついたか？」

フィルの声が私を思考の海から掬いあげた。人前でも考え込んでしまうのは私の悪い癖だ。

「すまない、フィル。話している途中だったな」

「いや、お前が黙り込むのも今に始まったことじゃねえしな。で、何か気付いたか？」

「怪しい人物はいるが、犯人だと言えるほどの根拠も証拠もない……つまりは――」

「わかんねえってことだな」

頷くのは悔しく、返事の代わりにため息をついた。フィルが肩を竦《すく》める。

「……ま、仕方ねえよ。相手は常に俺たちの先手を取るようなやつだしな。ボロを出すまでは俺たちがマグノリアを守ればいいだろ」

「……フィルもか？」

「ん？　協力するって言ったろ」

「ああ……そう、だな」

迷いなく言い切ったフィルが、なぜか面白くない。

もともとはマグノリアを嫌っていた幼なじみだ。その成長に喜ぶべきなのに、彼女は私が守るのだ、と変な対抗心を持ちそうになる。私は急に恥ずかしくなった。

「レイ、なんか顔赤いぜ。大丈夫か？」

たとえるなら、可愛い妹分をかっ攫われそうになったというか……そんな焦燥感だろうか。

私にこんな子どもじみた独占欲《どくせんよく》があったとは。顔に集まった熱は、しばらく引いてくれなかった。

フィルはサイラスと共に連絡が途絶えた監視の行方を追うというので、私は一人、客間にやってきた。

私が扉をノックすると、すぐにメアが出た。

見舞いに来た旨を告げると、中に通してくれる。

「マグノリア、気分はどうだ？」

マグノリアはベッドにいた。

半身を起こし、カットされたフルーツを食べている……が、私の訪問に驚いたらしい。ろくに咀嚼しないままフルーツを飲み込んだ結果、げほげほと大きく咳き込む。

私は慌ててマグノリアの背中をさすり、サイドテーブルに置いてあった水を差し出した。

マグノリアは水を受け取ると勢いよく飲み干す。私はほっと息を吐いた。

「……すまない。驚かせてしまったな」

「ううん。こちらこそ、みっともない姿を見せたわ」

マグノリアは少し恥ずかしそうに下唇をキュッと噛んだ。そして視線を泳がせる。

「身体は平気か？　どこか痛むところは？」

「大丈夫よ。見ての通り元気だから」

「君が無事でよかった……本当に」

もし間に合わなかったら……など、想像することさえ恐ろしい。水中へ沈んだマグノリアを見た時の心臓が凍《こお》るような恐怖は、おそらく一生忘れはしないだろう。

……こんな感情は初めてで、自分でも戸惑っている。マグノリアを守らなくてはという使命感が、私をここまで駆り立てているのだろうか。

「あの……お礼、ちゃんと言ってなかったわ。助けてくれてありがとう」

「いや。礼を言われるようなことではないよ」

「そんなことない。レイは私の命の恩人だわ……あの、でも……」

マグノリアは自分の両手を忙しなく触り、言葉を濁す。何か言いたいことがあるけど言いづらい……そんな仕草だ。

「……メア、少し席を外してもらえる？」

マグノリアの頼みで、メアが心配そうな顔をしながら客間を出た。

二人きりになった部屋の中、私はできるだけ優しい声で問いかける。

「どうしたんだ？」

「……その、ロッティ様、気分を害されていないかしら。レイが身を挺《てい》して私を助けに来てくれたこと」

「えっ？」

思わず間の抜けた声を出してしまった。

私がマグノリアを助けたことが、なぜロッティの機嫌を損ねることに繋がるのだろう。

ロッティは水に浸かっていない分、マグノリアより軽傷《けいしょう》だった。

医者の診察も固辞したと聞いている。今頃、別の客間で休んでいるはずだ。

マグノリアが気まずそうに話を続ける。

「実は、謁見の間でレイと国王様が話しているのを聞いてしまったの。ロッティ様と婚約したいんでしょ？　レイに対する心証が悪くなっていたらどうしよう……」

父上の企てで、マグノリアはフィルと共に控えの間にいた。

何か誤解されているようだ。

「いや、別に進んで婚約したいわけでは……王太子としての立場上、ロッティ嬢と答えただけだよ」

「そ、そうなの……？」

「ああ。それに、君が流されるのを見た時は考えるより先に身体が勝手に動いていた」

他のことを考える余裕などなかった。

あの時の私は王太子の立場を捨て、完全に個人の感情だけで動いていた。後先も損得も何も考えずに、ただ自分の意思に従って。

「君を失うわけにはいかないと思ったから」

女神からの依頼を果たすため、悪女化する未来からマグノリアを救うため、嫌がらせを仕向ける犯人から守るため。マグノリアを失いたくない理由はいろいろあるが、何より私自身がそうしたいと思ったのだ。

いつだったか、フィルにマグノリアに絆されたのではないかと指摘されたが……きっと、それに近い感覚だろう。

「そ、そっか……」

顔を真っ赤にしてマグノリアは俯いた。耳まで赤くなっている。

そんなにキザなセリフだっただろうか。なんだか私まで少し恥ずかしくなってきた。

マグノリアはしばらく俯いていたが、やがて顔を上げた。

ベッドのシーツをぐしゃりと握って、話を切り出す。

「最近……レイのこと避けてしまってごめんなさい。私……レイとは仲がいいと思っていたから、婚約者候補に選んでもらえなくて寂しかったみたい……子どもっぽいわよね。ごめんなさい」

期せずして避けられていた理由を聞けた。マグノリアに軽蔑されたわけではなかったようだ。

安堵すると同時に、なんとも可愛らしい理由に少しだけ頬が緩んでしまう。

「気にしていない。むしろ、私こそ君に謝ろうと思っていたんだ。君が私のことを嫌いになったのではないかと心配で。てっきり、弄ばれたと思ったんじゃないかと……」

「まさか！　レイのこと、嫌いになんてならないわよ……というか、モテアソバレタ？　って何？」

「ああ、いや……勘違いだったならいいんだ」

ゴホンと咳払いしてごまかす。マグノリアがそう感じていないなら、わざわざ説明する必要はないだろう。

聞き流してくれたらよかったのだが……残念ながら、マグノリアは気になってしまったらしい。

「どういう意味か教えて」という無邪気な追及に、私はしばらく翻弄される羽目になったのだった。

第六章　無意識に惹かれていく

マグノリアたちが攫われた事件から数週間が経過した。

仮面の男たちを追った監視は、返り討ちに遭いひどい怪我を負った。川辺の捜索を頼んでいた護衛たちによって発見され、一命は取り留めたものの……得られた情報は相手が相当の手練《てだれ》だったことだけ。

時を同じくして、マグノリアをいじめていたピアノ教師が死体で見つかった事件の調査結果があがってきた。この一件については、あまりに早すぎる証拠隠滅が行われており、黒幕の手がかりを掴めるのではないかと期待していた。

ところが、ちょうどその話をしていた時――すなわち、私たちがティーガーデンに滞在していた時、伯爵家に入っていった外部の人物はいないという。

……結局また、大した情報は掴めなかったわけだ。

ここ最近、私のため息は重さを増していく一方だ。頭痛に悩まされる頻度《ひんど》も多くなってきた。

執務室で悩んでいると、父上から呼び出しがかかった。

どうやらいつもの気まぐれが発動したらしい。

今度は何を思いついたのか……憂鬱な気分で謁見の間に向かう。

部屋には、父上の他にマグノリアとロッティがいた。

この二人も呼び出されたのか？　……もしやまた、私の婚約者絡みだろうか。

ちなみに、今回はフィルを連れてこいとのお達《たっ》しだったので、あいつも一緒だ。私の斜め後ろに控えてもらっているが、先ほどから不機嫌そうな気配が伝わってくる。

何があったのかは知らないが、父上の酔狂の犠牲者《ぎせいしゃ》にフィルも選ばれてしまったようだ。

「ここへお前たちを呼んだのは他でもない。レイの婚約についてだ」

父上が唇の端を上げ、いやらしい笑みを浮かべる。

私たちの表情を少しでも見逃すまいと、じろじろと視線を動かす。そして本題を切り出した。

「ワシは今、バーネット侯爵家とキャリントン伯爵家、どちらかの令嬢をレイの婚約者にと考えておる。ただなあ……どちらも決め手に欠けるのよ」

……どっちがより自分を楽しませてくれる存在か知りたいというのだろう。

父上の前では身分や名声、能力や人柄などは一切考慮に値《あたい》しないことはわかりきっている。

「父上はその決め手が欲しいとおっしゃるのですね」

「そうだ。ただワシの独断ではなんとも味気ないだろう？　……そこで、皆で選ぼうと考えたのだ」

「皆……？」

皆とは誰のことを指しているのか。まさか国民に多数決でもさせるつもりじゃないだろうな……この人ならやりかねない。

父上は玉座の肘掛けに頬杖をつく。そして品定めするように、マグノリアとロッティを見た。

「マグノリア嬢とロッティ嬢、年齢はいくつだ？」

「共に同い年の十一歳でございますわ、陛下」

ロッティがにこやかに微笑んで答える。あれだけ不躾《ぶしつけ》な視線を送られておきながらまったく動じないのはさすがとしか言いようがない。

一方のマグノリアは、緊張で答えるどころではなさそうだ。

「ふむ……まだ若すぎるな。では、デビュタントとなる十六歳。今から五年後に決を採《と》るとするか」

父上は本気で多数決を採るつもりだ。私は慌てて確認する。

「その決を採る者とは、誰のことをおっしゃっているのですか？」

「貴族全員……と言いたいところだが、それだと時間がかかるし集計も面倒だ。一部の上位貴族、それも当主に限定しよう」

ずいぶんざっくりと区切るものだ。家柄的に考えて、より上位貴族であるバーネット侯爵家に票が偏《かたよ》ると思うのだが……

疑問を感じているのがわかったのか、父上が笑う。

「フハハ、どちらの令嬢がいいか、判断材料は必要だろう？　見た目やマナーだけでは大した評価ができぬゆえ、アピールをしてもらう」

「アピール……？　ですか」

「そうだ。五年後のパーティーでは、貴族令嬢としての礼儀作法や教養はもちろん、それぞれ一つずつアピールをせよ。アピール方法は何をしてもかまわんが、それで国母としての器《うつわ》を測る」

「なっ……」

なんだそれは、と言いたくなるのを、堪える。

なぜ私の婚約者を第三者の評価によって決めなければならないんだ？

意味がわからない。わざわざ五年先まで引き延ばし、見世物にする意味も。

……いや、父上の行動に理由など求めても無駄だ。そこに意味などないのだから。

「……お言葉ですが、陛下。忖度《そんたく》して我が家を選ぶ人が多いかと思いますわ」

ロッティが口元を手で押さえ、たおやかに尋ねた。

「うむ、さすがに聡明《そうめい》だな。そこで役立つのがこれだ」

父上が近くに立っていた兵士に顎で合図を送る。兵士が盆に袋を載せ、私たちの前まで持ってきた。

受け取って袋を開ける。中身はただの白い粉にしか見えないが……何かの薬だろうか？

「それは『真実薬《しんじつやく》』よ。本来ならば罪人に口を割らせる時に使う薬だ。効果はそれほど長くはないが、呑めば真実しか話せなくなる。それを皆に呑ませてから決を採れば、不正なく純粋な評価が聞けるだろう？」

そんなことのために、わざわざ薬まで持ち出すとは……呆れてものが言えない。

先ほどからピリピリとした殺気を感じる。おそらく、私の背後に立つフィルだろう。

あいつがどんな顔をしているかは見えないが、苛立っているのは想像に難くない。

私が黙っていると、父上は異論がないと捉えたようだ。「決まりだな」と満足そうに頷く。

どうせ私が反対したところでこの話を進めるくせに……反論する気力も湧かない。

「では、いいか。勝負は五年後のデビュタント。マグノリア嬢とロッティ嬢はアピールで相争《あいあらそ》い、その勝者にレイの婚約者となる権利を与える！」

「は、はい……」

「かしこまりました、陛下」

緊張と困惑からかマグノリアは弱気に、ロッティはいつもと変わらない丁寧な口調で返事をした。

二人は今、何を思っているだろう。

ひとまず彼女たちには、「巻き込んですまない」という謝意を伝えたかった。


謁見の間を退出した私は、マグノリアとロッティに声をかけ、応接間に来てもらった。

もちろん父上の酔狂を謝罪するためで、従者であるフィルも一緒だ。

紅茶が運ばれてくるのを待たず、私は向かいに座る二人の令嬢に頭を下げた。

「私の父上が本当に申し訳ない。代わりに謝罪させてくれ」

「レイが謝る必要はないわよ!?　頭を上げて！」

「そうですわ、殿下。王太子ともあろうお方が、簡単に頭を下げてはなりません」

マグノリアとロッティから許しをもらったが、それでも申し訳なさは消えない。

「あんまり気にするなって、レイ。お前だって被害者みたいなもんだろ」

フィルにフォローされて、私はようやく姿勢を正した。

冷静さを取り戻すと、父上に対する怒りが湧いてくる。

「婚約者決めに五年もかけるなど……一体どれだけ手間をかけさせるつもりなんだ？」

「決まったことは仕方ありませんわ。五年後のパーティーで、わたくしとマグノリアさんは殿下の婚約者となる権利を懸《か》けて勝負しなくてはなりません」

「勝負って言うけどよ、そもそも勝負になるのか？　マグノリアじゃ――いでっ！」

ロッティに敵うわけないだろ、とフィルは続けたかったのだろう。

馬鹿にされていることに気付いたマグノリアに爪先《つまさき》を踏まれ、私の隣で悶絶《もんぜつ》する。

ロッティが口元に手を当て、上品に笑った。

「ふふ、安心なさってください。わたくし、勝負はいたしますけれど、勝つ気はまったくありませんわ」

「「「えっ？」」」

ロッティによる片八百長《かたやおちょう》の宣言《せんげん》に、私もフィルもマグノリアも同時にどういうことかと聞き返す。

「本当は辞退したいところですが、お父様の立場もありますからそれはできませんの。ですからバレない程度に対決で手を抜いて、マグノリアさんに勝利していただこうかと思います」

「それは……ロッティ嬢、君はいいのか？」

バーネット侯爵であれば、何においても勝てと言いそうなところだが……

「ええ。人の恋路を邪魔するのは野暮《やぼ》でしょう？　……お二人の仲を裂《さ》いてわたくしが割り込んだところで、誰も幸せになりませんもの」

「……」

何やら私たちの仲を勘違いしているらしい。

どうしたものか……私は口を閉ざす。

婚約者について、自分がどうしたいのか答えは見つかっていない。

私が何も言わないことで、マグノリアは何か感じ取ったようだ。否定せずに口を噤んでいる。

フィルも黙っているのは、私がロッティとの婚約に前向きでないと気付いているからだろう。余計なことを言わないよう、気を回してくれているのだ。

意図せず生まれた沈黙を、ロッティは肯定と受け取ったようだった。

「マグノリアさんは全力を出してくださいね。間違っても、わたくしに負けることがないように」

「え、ええ……」

空気を読んで、マグノリアが相槌を打った。

ロッティはにこりと微笑んで、運ばれてきた紅茶を優雅な仕草で楽しむ。

次の話題を切り出す人はいない。

しばらく続いた沈黙は、応接間にやってきた執事のサイラスによって破られた。

「ロッティ様。バーネット侯爵様がお迎えに」

その声かけに、ロッティは素早く反応した。

カシャンッと音を立ててカップをソーサーの上に置き、私たちに一礼する。

そして急いで扉の前に移動した。手早く身なりを整え、父親が入ってくるのを待っている。

まるで訓練された兵士のように機敏《きびん》な動きだ。

いつかピアノの演奏を聴かせてもらった時もそうだったが……まさか、家でもこのように振る舞っているのだろうか。

やがて、バーネット侯爵が部屋に入ってきた。

娘が扉のそばで控えていることを確認し、私に向かって深くお辞儀をする。

「ご歓談中《かんだんちゅう》に失礼いたします、王太子殿下。少し所用がありまして、娘を引き取りにまいりました」

「そうか。残念だな、ロッティ嬢」

「ええ、そうですわね……迎えに来ていただき、心より感謝いたしますわ、お父様」

相変わらず、ロッティは実の父親に対しても礼儀正しく接している。少し丁寧すぎるのでは？と感じるほどだ。

その様子を、バーネット侯爵は教育係のように厳しい目で見ている……妙な緊張感が部屋の中に漂った。

「今し方、陛下からデビュタントの話を聞いた。恥ずべき姿を晒さぬように、すぐにでもアピールの準備を整えねばと思ってな」

「そうでしたの。では急いで戻らなければなりませんわね」

侯爵は娘から顔を背け、私に向き直る。

「王太子殿下。不出来な娘ですが、末永《すえなが》くよろしくお願いいたします」

「ああ……」

すでに勝ちは決まっているとでも言いたげな挨拶に、私は曖昧に頷いた。

侯爵はマグノリアをチラリと一目見ただけで声もかけない。

ライバルにすらならないと見下しているのか、フッと鼻で笑いさえする。

これにはさすがのマグノリアも思うところあったようで、口がわずかにへの字になった。

侯爵は再び私へ視線を戻すと、穏やかに口元を綻ばせた。

「気持ちばかりですが、殿下にお渡ししたいものがございましてね。――イライザよ、ここに」

突然侯爵が出した名前に、ドクンと心臓が鳴る。驚きに喉が締まり、息を呑み込んだ。

イライザ、だと？

いや、まさか……名前が同じなだけで、あのイライザなわけがない……！

そんな私の考えは、呆気なく散った。

扉の陰から現れたのは、巻き戻り前に見たマグノリアの継母――イライザで間違いなかった。

パサついた赤毛の短いうねり髪、ヘビのように強い眼力《めぢから》を持つ黒い瞳。

どこか性格の悪さを感じてしまうのは、逆行前の所業を知っているせいか。

「イライザ……？」

「はい、我が家の使用人ですわ。わたくし付きの侍女ですの……何か問題がございましたか？」

怪訝そうにロッティが尋ねてくるので、咄嗟に動揺を隠す。

「いや……知り合いの名前と似ていてな」

私は横目でマグノリアのペンダントを確認した。

案の定、バラ型の宝石がパアッと光り、葉が一枚出現する。

――『悪女化の芽』だ。

なぜだ？　イライザがマグノリアの継母になりそうにないとはいえ、それがどうしてロッティの侍女に？

……訳がわからない。

「――それで、滅多にお目にかかれない貴重なワインでしてな。五年後のパーティーの祝杯《しゅくはい》にでもと。殿下もいずれいかがですか？」

イライザに意識を取られていた私は、侯爵の言葉で我に返った。

すでに勝ったつもりでいる侯爵は、ロッティがわざと負けるつもりだと知ったら一体どうするだろう。

敗北した場合のロッティが心配になる。

いや、『悪女化の芽』が出現した以上、今はこちらを考えるべきか。とにかくイライザを近づけるわけにはいかない。もとより接近させるつもりはなかったが。

イライザがマグノリアにとって害となる存在であることは確実だ。

なぜロッティの侍女になっているのかは不明だが……イライザをマグノリアに関わらせることは絶対に避けないと。

「サイラス。ワインを保管しておいてくれ」

ひとまず部屋の隅に控えていたサイラスに、イライザからワインを受け取ってもらう。

侯爵は五年後まで取っておいてくれるのだと解釈したらしい。満足そうに口角を上げた。

勘違いをさせて申し訳ないが、今ここで受け取って処分しておいた方がいい。

イライザが運んできたわけだし、ワインに何か仕込まれているかもしれない。いざとなったら侯爵には別の酒を用意しよう。

「それではこのあたりで失礼いたします、殿下。行くぞ、ロッティ」

「はい、お父様。それでは皆様、ごきげんよう」

サイラスの案内で侯爵たちが出ていった。

すぐに私はフィルに目配せし、声をかける。

「フィル、少しいいか」

「ああ。わかった」

フィルも私と同じことを考えていたのか、間髪《かんはつ》いれずに了承した。すぐに立ち上がり、部屋を出る。

私はマグノリアに断りを入れた。

「マグノリア、悪いが少し席を外す。すぐ戻るから待っていてくれ」

「う、うん……わかったわ」

マグノリアはなぜか姿勢を正して、戸惑いながら頷いた。なんとなく不穏な空気を察したのだろう。

いつもなら「仲間外れなんてひどいわ！」と文句を言いそうなものだが、大人しく引き下がってくれた。

応接室からいくつか離れた部屋でフィルと合流する。

「遅れてすまない」と詫びると、彼は首を横に振った。

「話ってイライザのことだろ。あの女、確かマグノリアの継母だよな？」

フィルも『悪女マグノリア』に及ばないながら、悪名高かったイライザの存在は知っていたようだ。

「そうだ。なぜイライザがロッティ付きの侍女に……巻き戻り前にも二人は関係があったのか、それとも単なる偶然か……」

「どちらにせよ、ロッティのやつも怪しい。油断せずに行こうぜ」

「ん……」

フィルに対して、曖昧な言葉を返す。

イライザと繋がりが見えたことで、ロッティへの疑いが出てきたのは事実だ。

だがロッティとマグノリアは同い年。伯爵に薬が届いた一件については、二人ともまだ七歳だったはず。ロッティが黒幕だとして、マグノリアとどんな接点があったというのだろう。

それに幼い子が、ああも残忍《ざんにん》で狡猾《こうかつ》な嫌がらせを考えつくものなのか？

いくらロッティが『完璧な令嬢』と言われるほど優秀でも、さすがに……それこそ、私たちのように巻き戻っているなら話は別だが。

私は思考を切り替える。

「とにかく、イライザをマグノリアに接触させるのはダメだ。ロッティ付きの侍女なら、今後はロッティが伯爵家を訪ねる際に連れてくる可能性がある。二人きりで会わないよう、マグノリアを説得するしかないな」

「マグノリアが素直に聞いてくれたらいいけどよ。納得させられるだけの理由を作れるのか？」

「うーん……つい最近、マグノリアもロッティも攫われたわけだろう？『王太子の婚約者候補として狙われる可能性がある』ことにして、二人で何かする時に私かフィル、あるいは両方が同席するようにしよう」

フィルが一瞬嫌そうな顔をして、しぶしぶ頷く。マグノリアとは仲良くなったものの、こいつは本当にロッティが苦手らしいな……

「マグノリアに、イライザが危険人物かもしれないと伝えてしまうのが手っ取り早いが……彼女は自分が嫌がらせを受けていることさえ知らないしな」

「ん？　あいつ、知ってるぜ？」

「え？」

私とフィルの間に、沈黙が落ちる。

……今の言葉は聞き間違いだろうか。

「いや……だから。マグノリア、自分が嫌がらせされてること知ってるぜ」

「……」

一体いつから？　知った経緯は？　心の傷になっていないか？

いろいろと言いたいことはある。まずは……

「フィル。お前、なぜ今まで私に伝えなかったんだ!?」

私が咎めると、フィルは顔の前で手を合わせた。

「悪い。マジで言うのを忘れてたんだ。なんなら相手が誰かわかんねえことも、俺たちが正体を追ってることも話した」

さらに詳しく聞くと、どうやら私とフィルがろくに口を利かなかった時期にこの話が出たらしい。

マグノリアも、嫌がらせに勘づいていたとは……

フィルがいっぱいいっぱいだったのは知っている。伝えなかったのは故意ではないだろう。

私はこめかみに手を当てて深いため息をつく。

「……わかった。それなら話は早いな。マグノリアと少し話をしてくる」

「頼んだぜ」

フィルは手を挙げて、私を見送る。あまりにも軽い態度に、本当に反省したのか？　と問い詰めたくなった。

――まったく面白くない。

私の心になぜかその言葉が浮かび上がる。

応接室の扉をやや荒っぽく開けると、思ったより大きな音が鳴った。

マグノリアの肩がびくっと震える。

手に持っていた紅茶のカップを落としそうになり、マグノリアは慌ててソーサーの上へ戻した。

「レ、レイ……？　どうしたの？」

「君と話がしたい。少し外へ出ないか？」

「えっ？　うん……」

その返事を聞くや否や、私はマグノリアの手を取った。

「ひゃっ……レイ⁉」

そのまま手を引いて、応接間から連れ出す。

マグノリアは得体の知れない誰かからの悪意を向けられている事実を知って、少なからず傷ついただろう。それをフィルだけが知っていたことが気に入らない。面白くない。

苛立ちに似たやり場のないこの気持ちをぶつける代わりに、私はマグノリアの手を強く握った。


いつの間にか空はオレンジ色に染まっていて、沈みかけの太陽が見えた。

眩しい西日に時折目を細めながら、私たちは城の敷地を歩いていく。

マグノリアと強引に手を繋いでしまったわけだが……彼女は私の手を振り払いはしなかった。

むしろ控えめに握り返してくれている。

心優しいマグノリアのことだから、普段と違う私の様子を心配してくれているのだろう。そうした気遣いに、私は少しずつ冷静さを取り戻していく。

あてもなく歩いていると、庭園の近くにある人工池に辿り着いた。

そこで私は足を止める。

観賞用のこの池は水深が浅く、せいぜい足首ほどの深さしかない。ところどころに美しい蓮《はす》の花が浮かんでおり、訪問者を楽しませる。

ここには池の端から端まで歩いて渡れるように楕円形《だえんけい》の足場が点々とある。城内でもわりと人気の散歩スポットだ。

マグノリアの手を離して、ゆっくりと振り返る。

「……すまない、無理矢理連れ出して」

「大丈夫……気にしてないわ」

私と目が合った途端、マグノリアは気恥ずかしそうにパッと目を逸らした。

「さっきフィルに聞いたんだが……君は嫌がらせを受けていることを知っていたんだな」

「……うん。なんとなく疑ってはいたけれど、確信はなくて。だからフィルに聞いたの。レイに聞いたら、きっとごまかすんじゃないかと思ったから」

「……悪かった。今まで黙っていて」

「ううん、だってレイたちは私が知ったら傷つくと思って黙っててくれてたんでしょ？　全然謝ることじゃないわ。むしろ私を今まで守ってくれて感謝してるのよ」

「感謝などする必要はない」と言いたくなる。もともと、巻き戻りを了承したのは王太子として真実を見極めるためだ。純粋な気持ちで、マグノリアを守っていたわけではない。

……もちろん今は違うが。それでもマグノリアから感謝の言葉を貰うのは気が引けてしまう。

どう答えたらいいかわからず、私は本題を振ることにした。

「……ロッティ嬢とは、二人きりで会わないでほしいんだ」

私の願いに、マグノリアが立ちすくんだ。

「どうして……？　もしかして嫌がらせに関係があるの……？」

「いや、わからない。ただ私たちの目の届かないところで何かが起きると、君を危険な目に遭わせてしまう。それこそ、この前攫われた時のように」

「……」

マグノリアは苦い顔をして口を噤む。つらいことを思い出させるのは心が痛んだ。説得のためには仕方ないと自分に言い聞かせる。

「窮屈《きゅうくつ》な思いをさせると思う。だが、君に嫌がらせをする犯人を見つけるまでは、私の願いを聞いてくれないだろうか」

本当なら私たちが時を遡っていて、巻き戻り前のイライザがどんなに危険な人物だったか話してしまいたい。その人がロッティの侍女となっているから、近づかないでくれと伝え、マグノリアを納得させたい。

しかし、巻き戻りの話などしたところで一体誰が信じるものか。

これが精いっぱいの頼み方なのだ。マグノリアは理解してくれるだろうか……

「……わかったわ。ロッティ様とは二人で会わないようにする。必ずレイたちがいる時に会うわ。約束する」

マグノリアが私の前に小指を差し出す。

私も同じようにすると、マグノリアは指を絡めた。

「ちゃんと約束したわ」

ふと、いつか伯爵家の庭園でこうして指切りをしたことを思い出した。

風で飛んできたバラの葉が池に落ちる。ピチャンと音が立ち、私は何気なく水辺に来てしまったことに気付いた。

「マグノリア。水、怖くないか？」

ついこの間、川で怖い目に遭ったというのに、配慮なく水辺に近づいてしまった。自分の愚かさを呪う。

そんな私の不安をよそに、マグノリアは微笑しながら首を横に振った。

「心配してくれてありがとう。でも平気なの。川で溺れた時、レイが助けに来てくれたから。怖いとは思わないの」

マグノリアは、ほら！　と池の足場にひょいっと乗り、リズムよく移動していく。私はその後ろを追いかけ、注意を促した。

「気を付けてくれ。ここは足元が滑りやすいんだ」

「このくらい大丈――ひゃあっ⁉」

「マグノリア⁉」

案の定、マグノリアが足を滑らせた。私は急いで駆けつけ、手を伸ばしたが……バシャンと大きな水音を立てて、虚しく二人して池へ落ちた。

「レ、レイ……ごめんね」

水深は浅いから、それほど被害は大きくない。しかし、私は足全体が水に浸かり、私の身体の上に乗る形でマグノリアもドレスの裾と足先を濡らしている。

マグノリアが顔を青くして慌てる。滑稽《こっけい》な今の状況に、私は笑いを抑えられなかった。

「……ふ。ハハッ、最近は水に濡れてばかりだな」

珍しいものを見るように、マグノリアがじっと私の顔を眺める。

「……なんだかレイ、少し変わった？」

「ん？」

「雰囲気が柔らかくなった気がする。なんて言うか……前は作り物の笑顔だったけれど、今は本物

みたいに見えるわ」

「ひどい言われようだな」

フィルからは感情を失っていたと言われるし、今度は作り物の笑顔だったと指摘される。かつての私は、周りからそう思われるほど空虚《くうきょ》だったのかもしれない。

「そうだな、以前よりも肩の力が抜けた気がするよ。君のおかげだと思う」

「私？」

私はマグノリアの金色の髪に自分の指を差し込み、掬ってみる。まるで溶けてしまいそうなほど柔らかい髪に、そっと口づけた。

「君といると安心する。すごく穏やかな気持ちになれるんだ。王太子として凝り固まった私を、君はいとも簡単に解放してくれる……そんな気がするんだ」

マグノリアが身じろいで、パシャンッと水が跳ねた。夕陽のせいなのか、彼女がひどく赤く染まって見える。

「……ねえ、レイ。五年後のパーティーの話だけど」

マグノリアが手を握りしめる。私の服を巻き込んで、くしゃりと衣服の擦れる音がした。

「私はどうしたらいいの？　ロッティ様は手を抜いてくれると言っていたけど……」

一度言葉を区切り、マグノリアがまた口を開く。

「自分で言うのも悲しいけど、ロッティ様に到底勝てるとは思えない。でも、レイが勝ってほしいって言ってくれるなら、私……」

「……気持ちは嬉しいが、もし君がロッティ嬢に勝てば、私と婚約することになる。それは困るだろう？」

「わ、私は……別に……別に、どうなっても平気よ。それよりもレイがロッティ様と心から婚約したいようには見えない方が心配だわ。私、レイとフィルには幸せになってほしいの」

マグノリアの目にも、私が政略結婚を望んでいないように映ったらしい。だがロッティとの婚約を拒《こば》んだところで、今度はマグノリアが婚約者になるだけだ。

マグノリアが私との婚約を望んでいれば問題ないが……そうでないのだから勝ってほしいとはとても言えない。彼女の優しさに付け込むような、卑怯《ひきょう》な真似は絶対にしたくない。

「だが、それは……」

答えあぐねていると、マグノリアがさらに話を続けた。

「勝ったら婚約者になる権利を得られるんでしょ？　権利なら……ほら、私が行使《こうし》せずに放棄することだってできるんじゃないかしら。そうすれば、レイは誰とも政略結婚をせずに済むでしょう？」

「……」

もしマグノリアが権利を放棄しますと宣言したなら、父上は手を叩いて喜びそうだ。わざわざ大がかりなパーティーを開いてまで権利を与えたというのに、いらないとあっさり捨てられる。

誰も想像しなかった展開に魂《たましい》を揺さぶられる父上の姿が、頭の中に浮かんできた。

もし権利を放棄できるなら、マグノリアも愛のない結婚をさせられることはないだろう。

プライドが高いバーネット侯爵は、勝負に負けたのに婚約の権利を譲《ゆず》り受けるような真似は絶対に許さないはずだ。つまりはロッティと婚約する可能性も消滅《しょうめつ》する。

悪くはない提案……だが。

「君の名誉に傷がつくぞ。王太子をフッた伯爵令嬢と、一生言われ続けると思うが」

「ふふ、それはそれで面白そうね。でも、私のことは抜きにして、レイ自身はどうしたいの？」

「私は——」

マグノリアの髪に通した指を、梳《す》く。離したくない。でも、自由でいてほしい。

そんな矛盾した思いが私の中でせめぎ合い、答えを迷う。

王太子としてロッティを選ぶか、それとも私の意思に従って——マグノリアを選ぶか。

「！」

初めて出た明確な選択肢に、私は目が覚める思いだった。

そうか、私は……私自身は、マグノリアとの婚約を望んでいるのか。

「……私は……マグノリア、君に勝ってほしい。——友人として、君に頼みたい」

マグノリアと婚約したいのは、きっと彼女のそばにいることに居心地のよさを感じているからだろう。私の立場には不自由が多いから、貴族令嬢としての型にはまらない彼女に憧《あこが》れを抱いているんだ。

そんな身勝手な理由で、マグノリアの人生を縛りつけたくない。

マグノリアが婚約の権利を放棄しても、結局は他の誰かがまた選ばれる。それまでの遅延行為《ちえんこうい》にしかならないかもしれない……それでも今の私にとっては最善だ。

私は婚約の話を白紙にすることを望む。

マグノリアは私の頼みを聞くと、眉をわずかに下げ、少し寂しそうな笑みを浮かべた。

「友人……そうね。レイは私の大事な友人だもの。レイが勝ってほしいと望むなら、私は全力で戦うわ」

日はほとんど姿を隠し、肌に当たる風が冷たさを伴う。そういえば池に浸かったままだったと今さら思い出し、余計に寒さが増した。

「風邪を引いてしまう。王城に戻って暖《だん》を取ろうか」

私はマグノリアを横抱きにして立ち上がった。腕の中から、短い悲鳴が聞こえた気がする。

バシャバシャと水を蹴《け》って池から出て、マグノリアが私の胸元で身を固くしていることに気が付いた。

目をギュッと瞑って、顔を赤くする彼女を見ていると、なんだか私まで緊張してしまう。

心臓の鼓動が早くなり、落ち着かない。

……この胸の昂《たかぶ》りはなんなのだろう。経験したことのない感覚だ。

戸惑う私を隠すように、太陽は沈んでいった。

華麗に離縁してみせますわ！

Karei ni rien shite misemasuwa.

1~2

漫画：あばたも
原作：白乃いちじく

逃亡資金を貯めるため
好きにやらせていただきます

大好評発売中!!

恋人のいたエイドリアンと結婚したローザ。「お前ほど醜い女はいないな。興ざめだ。」初夜でそんな言葉を投げつけられたものの、ただ父の命令で嫁いだだけの彼女には、エイドリアンへの好意はこれっぽっちもない。一刻も早く父の管理下から逃れるべく、お金を貯めて離縁して自由を手に入れようと奮起する。一方で、掃除に炊事、子供の世話、畑仕事に剣技と、なんでもこなす一本芯の通ったローザに、エイドリアンはだんだん惹かれていくが…？

アルファポリスWebサイトにて好評連載中！

Regina COMICS

無料で読み放題
今すぐアクセス！
レジーナWebマンガ

B6判 各定価：748円（10％税込）

この作品に対する皆様のご意見・ご感想をお待ちしております。

おハガキ・お手紙は以下の宛先にお送りください。

【宛先】

〒150-6008 東京都渋谷区恵比寿4-20-3 恵比寿ガーデンプレイスタワー8F
（株）アルファポリス　書籍感想係

メールフォームでのご意見・ご感想は右のＱＲコードから、
あるいは以下のワードで検索をかけてください。

アルファポリス　書籍の感想　検索

ご感想はこちらから

本書はWebサイト「アルファポリス」（https://www.alphapolis.co.jp/）に投稿されたものを、改題、改稿、加筆のうえ、書籍化したものです。

悪女《あくじょ》マグノリアは逆行《ぎゃっこう》し、人生《じんせい》をやり直《なお》す

二階堂シア（にかいどう しあ）

2023年 12月31日初版発行

編集ー勝又琴音・今井太一・宮田可南子
編集長ー太田鉄平
発行者ー梶本雄介
発行所ー株式会社アルファポリス
〒150-6008 東京都渋谷区恵比寿4-20-3 恵比寿ガーデンプレイスタワー8F
TEL 03-6277-1601（営業）　03-6277-1602（編集）
URL https://www.alphapolis.co.jp/
発売元ー株式会社星雲社（共同出版社・流通責任出版社）
〒112-0005 東京都文京区水道1-3-30
TEL 03-3868-3275
装丁・本文イラストー冬之ゆたんぽ
装丁デザインーAFTERGLOW
印刷ー図書印刷株式会社

価格はカバーに表示されてあります。

落丁乱丁の場合はアルファポリスまでご連絡ください。

送料は小社負担でお取り替えします。


ISBN978-4-434-33142-8 C0093